SHONAN逍遥

文豪たちが愛した湘南

桝田るみ子

神奈川新聞社

目次

鎌倉

茅ケ崎

SHONAN逍遥

文豪たちが愛した湘南

漱石と帰源院

「彼自身は長く門外に佇立《たたず》むべき運命をもって生れて来たものらしかった。それは是非もなかった。…彼は門を通る人ではなかった。又門を通らないで済む人でもなかった。要するに彼は門の下に立ち竦《すく》んで、日の暮れるのを待つべき不幸な人であった。」

明治43年、『門』執筆時の漱石（左）

明治四十三年、朝日新聞に連載された『門』に出てくるこの一節は、宗教という門を前にして苦悩する明治の知識人を象徴的に表したものである。

この『門』の舞台となっているのが、北鎌倉円覚寺の山門と塔頭《たっちゅう》帰源院。明治二十七年十二月二十三日、その前年に東京帝国大学大学院に進み、東京高等師範学校の英語教師となった夏目漱石（本名、金之助）は、自らの進むべき道に悩み不安と焦燥の中、ここ帰源院に参禅している。年末から翌一月初旬にかけて、円覚寺管長釈宗演《しゃくそうえん》老師のもとで座禅を組み、与えられた公案に取り組んだものの、結局悟りは得られぬまま下山。時に、漱石二十七歳。人生の分岐点ともなる『坊ちゃん』の舞台、松山へと旅立つ前年のことであった。

何らかの人生の解答を求めての参禅は表面上、失敗に終わったが、この時の体験を題材として、後に『門』『夢十夜』（第二夜）が生み出されている。漱石の作品の中で「第一の三部作」と称される『三四郎』『それから』『門』。その最後に位置する『門』には、主人公宗助が学友であった安井とその妻御米との三角関係の末、友を裏切り御米と結婚した後のひっそりとした二人の暮らしぶりが描かれている。「彼等にとって絶対に必要なものは御互いだけ」という一見幸せに見える淡々とした日常の中にあっても、宗助は過去の業を背負った罪人の如く安井の幻影に脅かされるのである。

安井との再会を恐れ、生活の葛藤を切り開こうと禅寺の門を叩いた宗助は、老師より、「父母未生《みしょう》以前本来の面目とは何か」（無門関）という公案を与えられるが、かえって妄想に捕らわれるだけであった。

近代日本の精神風土の中にある人間の「自己本位」の悲劇を追求しようとした漱石は、この後も三角関係を題材として、人生のあらゆる場面における二者択一の煩悶を描き出していく。

晩年に至って多分に禅的要素を含む「則天去私」の境地を見出した漱石自身にとって、「父母未生以前本来の面目」という公案は、一生涯を通して見つけ出すべき課題であったのではないだろうか。「心の実質」を太くしようとして参禅し、果たせなかった若き日の帰源院での数日は、その後の漱石文学に大きな影響を及ぼした。

『門』を執筆の後、修善寺の大患を経て奇跡的に蘇った漱石は、大正五年十二月九日、胃潰瘍悪化のため、四十九歳の生涯を閉じたのである。

漱石が参禅した帰源院

松嶺院の有島武郎

「天心に近くぽつりと一つ白く湧き出た雲の色にも形にもそれと知られるような闌《たけな》わな春が、所々の別荘の建物の外には見渡すかぎり古く寂びれた鎌倉の谷々《やとやと》にまで溢れていた」

春を描写したこの一節は有島武郎《ありしまたけお》の代表作『或る女』のワンシーン。主人公早月葉子と新しい恋人倉地は、極楽寺坂から材木座に向かう途中、滑《なめり》川にかかる海岸橋で偶然元の夫である木部弧笻《こきょう》と再会する。

『或る女』執筆の翌年、3人の子供たちと

この作品のモデルは、国木田独歩と妻佐々城信子。その半年で破綻を迎えた結婚生活を題材としていることはあまりに有名だが、この『或る女』後編を執筆したのが、北鎌倉にある円覚寺の塔頭松嶺院であった。明治四十四年に「白樺」で発表した『或る女のグリンプス』を大幅に改稿し、『或る女』前編として刊行した大正八年三月。後編執筆のため、当時は無住職であった松嶺院に籠もった武郎は、この時、四十一歳。

この三年前、妻安子と父武を相次いで失い大きな転機を迎えた武郎は、本格的に文学者として生きることを決意する。翌年から『カインの末裔』『小さき者へ』『生れ出づる悩み』と次々に名作を発表、その集大成が『或る女』であった。

そもそも鎌倉は、有島家にとってゆかりの土地。別荘族の草分けともいわれる武郎の父有島武氏は、薩摩藩出身で大蔵省に出仕。横浜税関長や国債局長を務めたが大蔵大臣と衝突し、明治二十六年、材木座（現、由比ガ浜）の別荘に隠棲した。時に、長男武郎十五歳、次男壬生馬《みぶま》（生馬）十一歳、四男英夫（里見弴）五歳。

武郎は学習院中等科のため寄宿舎住まいだった

松嶺院に滞在し『或る女』後編を執筆

が、毎年、夏はこの別荘で過ごしたという。翌明治二十七年、「由比ケ浜兵六」というペンネームで初めて歴史小説を書いたことからも、この土地への愛着が窺える。後年、有島生馬氏が稲村ガ崎の別荘に居住、里見弴氏が西御門、扇ガ谷など終生を鎌倉で過ごしたことは広く知られているところ。

幼少よりミッションスクールで教育を受け米国留学の経験をもつ武郎には、英語による考え方が身についており、後年、氏の作品が翻訳調と評される所以といわれている。また、精神形成に大きな影響を与えたのがキリスト教への信仰と懐疑であった。「明治という早すぎる時代に生まれた自由奔放で急進的な女性」葉子の姿は、自己の内部に根ざす精神と肉体との矛盾に対する苦悩を抱えた武郎の悲劇でもあったのである。

この『或る女』の発表を頂点として彼の創作活動は徐々に下降線を辿り、波多野秋子との劇的な心中という終焉に向かって加速していった。

梅の花が散り一重桜が咲き始めた頃、閑寂に包まれた境内の中で一日中、執筆活動に没頭したという武郎にとって、少年時代から慣れ親しんだ鎌倉は、氏の源泉となる土地だったのかもしれない。

終戦時の高見順

北鎌倉松ケ岡の東慶寺に眠る高見順（本名、高間芳雄）。初夏、清楚な紫陽花の花に囲まれひっそりとしたその空間は、訪れる人々にひとときのやすらぎをもたらしてくれる。

墓石の横に建つ詩碑には、赤い芽と題した「空をめざす小さな赤い手の群　祈りと知らない　祈りの姿は美しい」という詩集『死の淵より』の一文が記される。病床から眺めた蔦もみじを謳ったとされる短い詩。今も、その樹は墓石と詩碑を見守るように根を下ろす。

昭和38年、日本近代文学館設立に奔走

東京帝国大学在学中から、左翼系同人誌に作品を発表するが、治安維持法違反で検挙されたことを機に転向。

転向文学から出発し、昭和の知識人の内面的な苦悩を描いた『故旧忘れ得べき』など、彼の作品には、私生児（父は当時の福井県知事坂本釤之助《さんのすけ》）としての不幸な出生と青春期の思想的挫折といった自身への罪意識が根底に色濃く流れている。
北鎌倉の善應寺谷戸に移り住み鎌倉文士の仲間入りをしたのは、昭和十八年四月のこと。

精緻な心理描写と詩的表現で庶民の哀感を伝える小説を始めとして、晩年には癌との戦いという極限のなか散文と詩を両立させ、鋭い文芸批評家としての眼も備えていた。また、昭和十六年から亡くなる間際まで書き続けられた膨大な日記は、戦中、戦後を語る貴重な資料として日記文学の最高峰とされている。

終戦から二日後、八月十七日の日記には、島木健作危篤の知らせに鎌倉文庫の仲間と共に鎌倉養生院（現、清川病院）へと駆けつける姿が記されている。終戦二日後のこの日、藤沢航空隊は降伏反対のビラを撒き、依然不穏な情勢下にあった。

「戸板を担架の代わりにして、小林秀雄さん、中山義秀さん、久米正雄さんと高見とで抱え、川端康成さんが提灯を持ち、病院から扇ガ谷の自宅までご遺体を運んだのです。炎天下、名越の焼き場までリヤカーに薪を積みその上に棺を載せていく。終戦間際の混乱のために、こうしたお葬式しかできなかったのですが、集まった文士仲間に見送られたことは、お幸せだったのかもしれませんね」と秋子夫人は当時を振り返る。

この年五月に開店した貸本屋「鎌倉文庫」は連日盛況で、氏は若宮大路にあった「鎌倉文庫」に毎日出勤して保証金の分類などの面倒な実務をこなした。

こうした責任感と几帳面さは、晩年の日本近代文学館設立への情熱となり、その起工式の翌日、無事に起工式を終えたとの報告に安堵の笑みを浮かべつつ、昭和四十年八月十七日、五十八歳の生を終えたのである。

戦後も六十年以上が経ち、遠い記憶になりつつあるが、氏の日記は、戦争を知らない世代にとって昭和を振り返る貴重な教科書となるだろう。

命日には墓前に煙草が供えられる

取材に伺った折、記帳ノートをまとめ、秋子夫人によって出版された『高見順とつれづれ帖』を頂いた。初対面の私に何時間も気さくにお話ししてくださった秋子夫人も数年前、鬼籍に入られたが、墓所に設けられた巣箱のような名刺入れに収められているつれづれノートには今も来訪者のひとことが綴られている。

東慶寺の眞杉静枝墓背遺書

北鎌倉東慶寺にある数多い文士の墓の中に、「許してください」と題された遺書が背に刻まれた眞杉静枝の苔むした墓が佇んでいる。

「…みんな、いろいろないみで、私の大小の御縁のあった人々に、お願いします。何卒私を浄《きよ》めて、許して、見送って下さい。…」

晩年の眞杉静枝

昭和二十九年七月十五日、死を予期しつつ書き記されたこの遺書には、哀願の言葉が切々と綴られ、胸を打つ。翌昭和三十年六月二十九日、眞杉静枝は、自由奔放で波乱に満ちた五十三歳の生涯を閉じたのである。

「(眞杉静枝)という名を私が知ったのは、女流作家として知ったのではなく、武者小路実篤氏の愛人としてだった」

吉屋信子氏が著書『自伝的女流文壇史』の中で記したこの言葉ほど、眞杉静枝の虚と実を如実に物語っているものはない。

没後も石川達三氏の『花の浮草』、火野葦平氏の『淋しきヨーロッパの女王』にモデルとして登場する彼女は、同時代の男性作家の手によって「悪評高い女流作家」として描かれている。しかし、その評価は、果たして眞杉静枝を一人の女性として曇りのない眼で捕えたものといえるだろうか。

少女時代を台湾で過ごし、自らの意思に反した結婚を余儀なくされた彼女は、四年間の結婚生活の後、出奔。これ以後、自身の美貌に対する自負のもとに自らの意思で行動する女性へと変貌していく。

「大阪毎日新聞」の記者となった静枝は、取材で武者小路実篤を知る。この出会いは、彼女を女流作家の道へと向かわせる転機となり、後に発表した『小魚《さうお》の心』が代表作に。五年間の愛人生活の後、破局。新進作家中村地平との同棲の後、昭和十七年、芥川賞作家、中山義秀と結婚。

時に静枝四十二歳、義秀四十三歳。結婚の翌年極楽寺に移り住んだ二人は鎌倉文庫の設立にも参加。ようやく妻の座を手にしたものの、「古武士のような」と形容される夫との生活は長くは続かなかった。離婚後も中山邸の向かい側にあたる月影ケ谷に、東京に移り住む二十五年まで居住。

戦後は、読売新聞の人生相談欄を担当したり、売名行為との中傷のなか、「原爆乙女の救済」に奔走した。大正から昭和初期の未だ女性には生きにくい時代に、自らに忠実に生き行動した。女性が自己主張できる現代の世であれば、彼女の生き方ももっと違ったものになっただろう。

葬儀には静枝と関わりのあった男性の中で中山義秀ただ一人が参列。北鎌倉東慶寺で行われた十三回忌では「眞杉静枝をしのぶ会」が開かれ吉屋信子、宇野千代、佐多稲子らが出席したという。

静枝の眠る東慶寺の墓

浄智寺に眠る澁澤龍彦

澁澤龍彦

「書斎のガラス戸をあけると、正面になだらかな稜線を描いてつらなる、東慶寺や浄智寺の裏山が見える。季節の移りかわりがはっきりと感じられるのは、この山の色がたえず変化しているのを目にするときだ」

　昭和四十一年から明月谷の山ノ内に住んだ澁澤龍彦（本名、龍雄）は、昭和六十二年十一月八日百箇日のこの日、書斎から日々眺めた臨済宗円覚寺派金宝山浄智寺の山懐に納骨された。

　サドの紹介者として知られる異端文学の先駆者澁澤龍彦は、優れた翻訳家であり小説家、エッセイストでもあった。東京大学仏文科を卒業した翌昭和二十九年、ジャン・コクトーの『大胯びらき』を翻訳し処女出版。以後、生涯を筆一本で生きた氏を支えたのは、シブサワ博物誌を形成する博学さにあった。

昭和三年五月八日、東京市芝区高輪（現、東京都港区）に生まれた氏は、埼玉県深谷の澁澤一族の出身。澁澤栄一の本家筋にあたる「大澁澤」は、血洗島に豪壮な屋敷を構えていたが、龍彦の祖父の代に多趣味な道楽に入れ上げ資産を使い果たしたという。氏の持つ精神的なランティエ（高等遊民）の余裕は、こうした家系とリベラルな環境のもとで培われたのであろう。

終戦の翌年鎌倉に移り住んだ一家のもとに、旧制浦和高校を卒業した龍彦が同居するようになったのは、昭和二十三年、二十歳のこと。母方の祖母や伯父が住んでいた鎌倉は、少年時代からしばしば訪れ、昆虫採集や標本づくりに熱

北鎌倉、浄智寺の山門と参道

中した馴染みの土地であった。

鎌倉在住の学生を中心とした同人「新人評論」に参加。鎌倉山ロッヂでパリ祭を開くなど、文学仲間とともに「連日のごとく酒を飲んでは放歌高吟」する日々。その後も氏のもとには、三島由紀夫や無名時代の池田満寿夫、唐十郎、横尾忠則など幅広い分野の仲間が惹きつけられたように集まってきた。

「どれだけ多くのひとと語らい、どれだけ多くのひとと酒を酌み交わしたことであろう。よくまあ、あんながたぴしした家が、これだけの人数の重みを支えていたものだ……」

後年、こう記した東勝寺橋のたもと滑川沿いの二階家は、明月谷に転居するまで、「開かれた城」となり「神話的な交遊」が繰り広げられたのである。

晩年、下咽頭癌に冒され入退院を繰り返すなか「再発までに一編、死ぬまでに一編」との決意で書き上げた傑作『高丘親王航海記』は、死の翌年、読売文学賞を受賞した。

昭和六十二年八月五日、読書中に頸動脈瘤破裂。澁澤龍彦は五十九歳で不帰の客となった。没後二十数年を経てもなお多くのファンをもつ氏の墓前には、供物が絶えることがない。

建長寺ゆかりの葛西善蔵

大正文学を代表する私小説家であり、その死に際して「日本の純文学は葛西善蔵と共に滅びた」とまでいわれた無頼派の作家葛西善蔵は、昭和三年七月二十三日、世田谷区三宿の自宅において、浅見ハナと三女ゆう子らに看取られ、四十一歳の波乱の生涯を閉じた。

葛西善蔵　大正10～11年頃、宝珠院にて

建長寺の塔頭回春院の墓所には、現在、故郷弘前市の菩提寺より分骨された善蔵と浅見ハナ、ハナ親子の生活の面倒を見た善蔵の従兄北川清蔵氏が共に眠っている。

明治二十年一月十六日、青森県中津軽郡弘前に生まれた善蔵は、十六歳で北海道に渡り、鉄道の車掌、枕木伐採、砂金掘人夫などの労働と放浪の後、上京。明治三十八年、哲学館（現、東洋大学）に入学した。

明治四十一年三月、故郷において平野つると結婚するが、翌月には単身上京。徳田秋声に師事し、本格的に文学を志すと同時に放浪の日々を繰り返す。

大正元年九月には、舟木重雄、相馬泰三、広津和郎らと共に出した同人雑誌「奇蹟」に処女作『哀しき父』を発表するものの文壇に認められるまでには至らず、「生活と芸術の調和なぞと云う境地には居りたくない。……生活の破綻、人間の破産、そこから僕の芸術が始まると思って居る」という生活の困窮と精神的な苦悩の日々が続いた。

大正八年、第一創作集『子をつれて』を新潮社より刊行し、ようやく新進作家として出発することとなった善蔵は、この年十二月より大正十二年九月の震災直後まで建長寺内の塔頭宝珠院に寄寓した。

家計困難のため、妻子を実家に預け、持病の喘息と肺の病に冒された体の静養と創作を兼ねて移り住んだ鎌倉は、その後の作品に大きな影響を与えたおせいこと浅見ハナとの新たな出会いを生んだ場所でもあった。時に、善蔵三十二歳、ハナは二十歳のこと。

宝珠院に起居する善蔵のもとに、境内にある茶店招寿軒より、岡持ちを提げ日に三度食事と酒を運び続けたのが、おせいのモデルとなった茶店の娘、浅見ハナ。故郷に残した妻子とおせいとの間で揺れる心情を描いた『おせい』を始めとして、宝珠院での生活を題材にした『春』『暗い部屋にて』など秀作が生み出された。

芸術の前には実生活のすべてを犠牲にしてもやむなしとする善蔵の生き方は、「ごまかしの生活ができぬ人」として文学に真摯に立ち向かうことで、ここ鎌倉の地に燃焼し尽くした感がある。

招寿軒を切り盛りしていた浅見キヨ子さんも高齢のため、現在、招寿軒は営業していないが、建長寺の境内を通り抜け、森閑とした半僧坊へ続く道の左側には建物だけがひっそりと佇んでいる。

善蔵が創作の場とした宝珠院

魯山人と北鎌倉山崎

「無人境に近い山中の一軒家…眼に見るものは、虚飾のない自然のままの山野であり、家の中は最高に近い古美術品である。」と著書に記した稀代の芸術家、北大《きたおお》路魯山人《じろさんじん》（本名、房次郎）の旧居は、現在も某企業の接客場として、北鎌倉の山崎にわずかながらその面影を留めている。

北大路魯山人　昭和28年（撮影 土門拳）

魯山人がこの地に移り住んだのは、大正十五年。翌昭和二年二月には、片腕となる陶芸家、荒川豊蔵を京都より招き、星岡窯を完成させた。この時、魯山人四十四歳。芸術家として第二のスタートとなる陶芸家への道は、ここから始まったのである。

この時期、「星岡茶寮」の料理長兼経営者として思うままに手腕を奮う魯山人は、年来の希願である「いい物を求める」ため、料理の衣裳となる器にも本格的に手を染めることになる。

バブル全盛期、一億総グルメといった社会現象が起き、魯山人の名は氏を全く知らない世代にも美食家の代名詞として知られるようになった。

〝天性の美食家〟のイメージが先行する魯山人だが、そもそも最初は書で芸術的才能を世に認められた。その後、篆刻、料理、画、陶芸、漆工と次々に新たな才能を開花させていくが、そのどの分野においても特定の師を持たず、自らの美的価値にあったもののみを良しとした。邸内に建てられた二棟の古陶磁参考館は、日頃から旨とした「坐辺師友《ざへんしゆう》」を実現したもの。

七千坪を有した敷地には徳川家康の陣屋であったものを御所見村から移築した慶雲閣、茶室夢境庵、母屋にはステンドグラスをはめ込んだ洋間、自作の織部陶板を張り込んだ風呂場など。美の求道者にふさわしい理想郷で

今も残る茅葺きの旧居正門

あった北鎌倉の山懐。自然美溢れるこの地を愛す孤高の魯山人にとり、雅美生活の満喫は斬新で放胆な着想の発信地だったのではないだろうか。

この邸宅の田舎家には、昭和二十六年、マスコミの喧騒を避け移り住んだ離婚前の彫刻家イサム・ノグチと山口淑子夫妻の姿もあった。これを機縁に魯山人は、三年後、ノグチ氏の進言による大富豪ロックフェラーの招請をうけ、ニューヨークで個展を開催。魯山人ファンは世界に広がった。

生前は傲岸不遜、毒舌家などと言われた魯山人だが、戦前に大阪心斎橋で料亭「北大路」を魯山人の長男である桜一氏と切り盛りしていた妻の福田房子さんは、素顔の義父を「ずばりいいましたら喜怒哀楽の人ですが、女性には優しく純一でした」と語る。房子さんと共に藤沢市に在住する孫の北大路徹氏も「貧乏のどん底から、よくあそこまで昇りつめたものと思います」と出生からの波乱に満ちた生涯を思いやる。

平成十年八月、二棟二百平方メートルが火災により消失したと神奈川新聞で報じられたが、山崎小学校の裏手にある旧居の正門は残っており、わずかに往時の名残を留めている。

龍之介とかの子

―御成町での出会い―

芥川龍之介　大正13年頃

鎌倉駅の二番線ホームからレトロな洋館、ホテルニューカマクラが見える。小町通りの喧騒とは打って変わった、静けさすら感じられる西口駅前、御成町の一角にあるこのホテルの周辺に、かつて平野屋という料亭があった。

ひと夏を避暑して過ごすための貸家を探し歩く岡本かの子（本名、カノ）一家が、疲れ果てて辿りついたのがここ平野屋。ここでかの子は既に文壇の花形として活躍していた芥川龍之介との運命的ともいえる偶然に遭遇する。

「『この鶴も、病んではかない運命の岸を辿るか』こんな感傷に葉子は引き入れられて悄然とした。」

この〝鶴〟即ち龍之介への印象と追憶とが、平野屋での出来事を題材としてこのデビュー作『鶴は病みき』に綿々と綴られている。

平野屋は立派な門構えを持つ平屋建てでどの棟も芝生の広庭に面し、各棟は廊下で結ばれていたという。もともと此処は京都に本店を持つ平野屋の別荘であったが営業不振で、この年大正十二年、母屋を加えた三棟を避暑客の貸間にあてることになったもの。そのため、二人は夏のひと月余りを隣り合った棟で間近に過ごすことになった。

その華麗なる文体からも窺える、濃厚で芳醇な大輪の花を思わせる岡本かの子。世間の常識を超越した言動。夫一平とかの子の若き愛人との同居生活。熾烈な命のほとばしりそのままの感性故に多くの逸話が生まれ、その生涯は神秘のベールに包まれている。

大正期のロマンチシズム、芸術至上主義を共に身をもって体現した芸術家、龍之介とかの子。多くの共通項をもつためにお互い惹かれあいながらも反発しあう

岡本かの子　大正８年、長男太郎と

両者であった。

互いの神経戦に疲れたかの子が、東京に引き上げようとした九月一日、突如、関東大震災が襲い、一家は庭に投げ出されかろうじて命拾いする。

その後、昭和二年、熱海の梅林を見に行く途上の列車内での邂逅。四年ぶりに親しく言葉を交わし、あらためての再会を約束するが、その出会いが二人にとって最後の時となった。

この年、七月二十四日未明、龍之介は田端の自宅書斎で死への旅に立つ。死後発見された晩年の日記には、かの子について「自分の知る女人の中の誰よりも優しく聡明な女」と評してあったという。

かつて御用邸（現、御成小）や大正天皇のご生母柳原愛子《なるこ》のお住まい（現、中央図書館）があった明治、大正のロマン漂う鎌倉御成町。

駅前はすっかり様変わりしたものの、御成小学校界隈は未だ緑深き佇まいを残す。往時を偲ばせる由比ガ浜からの潮風が今も変わらず吹き抜けていく。

大正13年に建てられたホテルニューカマクラ

秀雄と中也　―海棠の木の下で―

「妙本寺の海棠《かいどう》には、二人の男性の心の葛藤が刻みこまれている」その想いが頭を巡るからか、今年も妙本寺の花と散った花びらの下一帯には、その空間だけひっそりと時が止まるような静寂に包まれている。

大正十四年四月、中原中也は早稲田受験のため、愛人長谷川泰子と京都より上京。早世した詩人富永太郎を介して小林秀雄と運命的な出会いをする。十一月、秀雄は中也から奪うかたちで泰子との同棲生活へ。この一時期には長谷大仏前にも居住していたとか。

若き日の小林秀雄　大正10年

この時、秀雄二十三歳、中也十八歳、泰子二十一歳、泰子はもともと京都のマキノプロダクションに所属する映画女優。後には、グレタ・ガルボに似た女に当選したぐらいだから、何か人を惹きつけて離さない美しさがあったことは確かだろう。しかし、かなり強度の神経症があったため、中也と秀雄は散々振り回されることに。

二年半の後、半ば秀雄が逃げ出すかたちで二人は同棲を解消。秀雄は関西に行方をくらませ、泰子は松竹に入り、陸《くが》礼子の芸名でニューフェースの仲間入りをした。

その後の二人の作品に様々な影響を与えたこの〝奇妙な三角関係〟。普通なら女性を奪われた男性は二度とその女性の前にも奪った男性の前にも姿を現さないものだろう。しかし、この二人は、不思議なことに幾度かの絶交状態を挟みながら文学上の交遊関係を続けていくのである。それは愛憎の果てに辿りついた単なる〝友情〟というものではなく、もっと奥深い〝互いの天資の良き理解者〟としての当然の帰結なのか。

中原中也　昭和11年

こうして互いに全く別の女性と家庭を持ち、八年という歳月を経た後の二人の再会は、妙本寺の海棠の花の下であったという。

「晩春の暮れ方、二人は石に腰掛け、海棠の散るのを黙って見ていた。花びらは死んだような空気の中を、まっすぐに間断なく、落ちていた。樹陰の地面は薄桃色にべっとりと染まっていた。あれは散るのじゃない、散らしているのだ…」『私の人生観―中原中也の思ひ出―』小林秀雄著

また、小林秀雄自身もこの一文の中で三人の関係について語り、「中原に関する思い出は、このところを中心としなければならないのだが、悔恨の穴はあんまり深くて暗いので、私は告白という才能も思い出という創作も信ずる気にはならない。」と回想する。女性を奪った側である秀雄の方が、より悔恨の穴は深かったようで、一説によると小説を書かなくなったのはこのためともいわれる。

妙本寺の海棠を二人して眺めた同じ昭和十二年、中原中也は鎌倉養生院において三十歳という若さでこの世を去った。

海棠の花の散る季節、後年ダダイズムの申し子と称された中原中也と批評の神様として半ば伝説化されている巨匠小林秀雄の若き日の姿がこの花の下、彷彿とする。

妙本寺の海棠

古都鎌倉を愛した大佛次郎

明治三十年十月九日、横浜市英町（現、中区英町）に生まれた大佛《おさらぎ》次郎《じろう》（本名、野尻清彦《はるひこ》）が鎌倉に移り住んだのは大正十年。演劇活動で知り合った原田酉子（女優、吾妻光《てる》）と周囲の反対を押しきって学生結婚した直後のことであった。時に、大佛次郎二十四歳、酉子二十三歳。

大佛次郎

この年、東京帝国大学法学部を卒業。鎌倉高等女学校（現、鎌倉女学院）で教鞭をとった後、外務省の嘱託となるが、大正十二年、関東大震災を転機に、文筆業に専念。当時、大仏裏に住んでいたところから、大仏の弟分の意をもつ筆名大佛次郎が誕生した。

翌年、発表した『鞍馬天狗』の連作によって大衆作家として一躍文名を高め、童話、少年小説、時代小説など、その作品は多岐にわたる。

後に史伝作家としての顔をもつ転換点となったのが戦地への南方視察。死線を越える体験に「おれはなにをして来たんだろう。ただ書いて食って来ただけだ」と自問する。昭和十九年、南方から帰国した氏は、文学への決意を新たに日本人の精神史を模索する道へと進んでいくことになる。

占領下で執筆した『帰郷』により、昭和二十五年、第六回芸術院賞を受賞。敗戦を経験した日本人のあり方を問うたこの作品に対し、通俗小説との批評を受けた氏は、「人間よりも、その額縁となっている社会が小説の軸なのです」と述べている。氏の描いた幅広い作品群は、すべて現代に向けた鋭い批評精神がその根底に流れているのである。

洗練された「都そだち」でスポーツ万能の愛猫家、誠実と勤勉を終生実践した紳士、大佛次郎。約半世紀を鎌倉で過ごし愛した氏は、英国のナショナル・トラストを初めて日本に紹介。昭和三十九年、鶴岡八幡宮の裏「御谷《おやつ》」の宅地開発反対運動では、中心的な役割を果たし、鎌倉風致保存会の設立には大きく貢献している。
「みなさんしんせつにしてくれてありがとう。皆さんの幸福を祈ります」の言葉を絶筆に昭和四十八年四月三十日、七十五歳で不帰の客となった。

雪ノ下の狭い路地に佇む大佛邸は、現在、土日祝日のみ（正午前より日没まで）大佛茶廊として営業しており、自然に溢れた邸内でゆったりとした時間を過ごすことができる。

旧茶亭は現在、大佛茶廊として営業

大岡昇平　鎌倉の日々

鶴岡八幡宮の裏山にあたる御谷《おやつ》と呼ばれる地域は、日本におけるナショナルトラスト運動の第一号として市民の手によって自然が守られた古都保存法発祥の地。ここ御谷の雪ノ下（現、鎌倉市雪ノ下二丁目）には、山の上の家として名高い小林秀雄の旧宅がある。

大岡昇平

終戦後、九死に一生を得て復員した大岡昇平は、妻子を伴って神戸より上京し、小金井の富永家に寄寓した後、昭和二十三年十一月十九日、雪ノ下三十九番地の小林家の離れに移り住んだ。時に昇平、三十九歳のこと。

明治四十二年三月六日、東京市

牛込区（現、新宿区）に生まれた氏は、成城高校在学中にフランス語の家庭教師となった小林秀雄との出会いによって、その後の人生を決定づけられる。この邂逅は、それまでの生き方や考え方に大きな変革をもたらすと同時に、小林を通じて知り合うことになる中原中也、河上徹太郎、今日出海《こんひでみ》ら年長者との交流によって氏の文学的青春の起点となった。

氏が初めて鎌倉を訪れたのは、昭和十一年三月、二十七歳のこと。扇ガ谷の鉱泉宿・米新亭《よねしんてい》に翌年の八月まで下宿していた昇平は、当時、扇ガ谷に居を構えていた小林秀雄や寿福寺境内に住んでいた中原中也らと頻繁に往来し、連日文学論を戦わせた。

不遇のうちに中也が永眠した昭和十二年、昇平の父貞三郎が死去。家産を整理するため鎌倉を離れた氏は、文学との決別を決意。翌年には神戸の帝国酸素にフランス語翻訳係として入社し同僚の上村春江と結婚。会社勤めの傍ら専らスタンダールの翻訳に携わっていた氏は、敗戦色濃い昭和十九年、補充兵として臨時召集され三十五歳でフィリピン・ミンドロ島に出征した。

昭和二十年一月、米軍がミンドロ島に上陸。マラリアに冒され病兵として部隊から取り残され単独で山中を彷徨中、米兵の捕虜となった苛烈な戦争体験は、戦後、氏を小説の執筆へと向かわせる契機となった。

「他人の事なんか構わねえで、あんたの魂のことを書くんだよ」という小林秀雄の一言に触発され生まれた『俘虜記《ふりょき》』は、昭和二十四年三月、第一回横光利一賞を受賞。この年、五月に極楽寺に居を移した氏は、昭和二十八年に大磯に転居する間、ベストセラーとなった『武蔵野夫人』、昭和二十七年に第三回読売文学賞となった『野火』など次々と代表作を発表する。

その後の秀作『レイテ戦記』『事件』など幅広い執筆活動の土壌となった鎌倉は、この地に集う文士との交遊の中で育まれ、氏の戦前、戦後にわたる文学的青春を形成したのである。

寄寓した雪ノ下の小林秀雄旧宅付近

鎌倉っ子　里見弴

里見邸での新年会　里見弴（左から３人目）

この庭は紀元後一九五四年より心をこめて設計され、常に意を用いて手入れされ、その上にも今度は深く大切にされている。

サトミトン

浄光明寺に程近い扇ガ谷の閑静な谷戸にある里見弴《さとみとん》（本名、山内英夫《やまのうち》）の旧居跡にはこの意をもつラテン語が刻まれた石碑が建っている。

日本の近代文学、近代洋画界に大きな足跡を残した有島三兄弟は、『或る女』を生み出した長兄の武郎、画家の次兄生馬、三男の里見弴と、共に白樺派の一員として出発し、それぞれの芸術作品を開花させた。

鎌倉の別荘族の草分けでもある有島家は、明治二十六年、父武が官を辞して鎌倉に隠棲したのを機に、氏自身も物心つく時期を材木座（現、由比ガ浜）の別荘で過ごした。時に、弴五歳、生馬十一歳。十歳年長の武郎は学習院の寄宿舎住まいであった。後年、大正十三年、再び鎌倉に移り住んだ氏は、蔵屋敷、西御門など市内各所に転居した後、昭和二十八年、終のすみかとなる扇ガ谷に居を構えた。

明治三十九年、学習院高等科に進んだ氏は、後に「白樺」の母体となる兄生馬の友人志賀直哉、武者小路実篤らの参加する回覧雑誌「望野」に触発され、回覧雑誌「麦」を刊行。エゴをもじった「伊吾」の名で作品を発表した。明治四十三年創刊の「白樺」で初めて用いた里見弴の筆名は、「小説家となることに反対した父の目をくらますための偽名」という。

大正時代に入り次第に人道主義的傾向を深めていった白樺派に対し、主義主張に捕らわれない自己本位の自分を旨とする新しい境地を切り開いていった里見弴は、志賀直哉と袂を分かつと同時に、白樺派とも離れ独自の道を歩むことになる。

大正八年には、久米正雄らと文芸雑誌「人間」を創刊。鎌倉に転入した大正十三年には、代表作『多情佛心』を、昭和六年には鎌倉を舞台に描いた自伝的作品『安城家の兄弟』を刊行。

後に、まごころ作家と称された氏は、これらの作品によって、道義的には反する行いも誠心誠意の人間の素から発した「まごころ」の前にはすべて許されるべきものとする「まごころ哲学」を確立する。時に、三十六歳のこと。

戦後は「鎌倉文庫」を始めとして、文士野球チーム「鎌倉老童軍」には親子で参加するなど、鎌倉は、まさに「切っても切れない所縁の地」であった。日常の場としての鎌倉を愛し、多くの鎌倉文士から長老として慕われた里見弴は、昭和五十八年一月二十一日、入院先の道躰《どうたい》病院（鎌倉市小町）において九十四歳の大往生を遂げたのである。

旧居前の石碑

西御門の村松梢風

鶴岡八幡宮を東に抜け横浜国立大学付属小・中学校のグラウンドを過ぎると西御門の閑静な住宅街が続く。荏柄天神や鎌倉宮への近道にあたるこの界隈は、源頼朝を祀った白旗神社とその石段の上には墓所がひっそりと佇む頼朝公ゆかりの地である。

昭和26年、村松梢風邸で川端康成（左）と

『本朝画人伝』によって評伝作家として知られた村松梢風《むらまつしょうふう》（本名、義一《ぎいち》）が、妻のそうと母を清水に残し、疎開先の山梨から親友の小島政二郎の薦めでこの地（西御門二丁目一）に移り住んだのは昭和二十二年暮れ、梢風五十八歳

のこと。

徳富蘇峰筆による「梢風居」の額を掲げた邸宅は、円熟期を迎えた作家として世間に向けた表玄関となり、絹江という女性を妻として遇する「もう一つの家庭」であった。

昭和二十二年九月二十一日、静岡県周智郡飯田村に生まれた梢風は、慶應義塾理財科予科に学んだが、父の急死により家督相続のため帰郷。郷里で教鞭を執っていた氏は、二十一歳で妻そうと結婚後、小説の神髄を学びたいと再度上京し復学。江戸趣味に惹かれ吉原や洲崎の花街を遊び歩いた後、中退。大正五年に日本電報通信社に入社するものの、葬儀記事担当記者の仕事に前途を悲観して文筆業を志す。時に梢風二十七歳。

翌年『琴姫物語』を中央公論に発表。編集

裾長の着物とマント姿で散策した白旗神社

長の滝田樗陰に認められた梢風は、情話（読物風の小説）作家として『朝妻双紙』、『廓の雨』など花街を背景とした作品を次々と発表した。

大正十二年三月、「何でもあるのが上海だ」という芥川龍之介の言葉に触発されて魔都、上海へと旅立つ。この後、昭和十年まで数度に渡った中国行きは、郭沫《かくまつ》若《じゃく》、郁達夫《いくたっぷ》らとの交流を生み、清朝皇族粛親王の第十四王女川島芳子との出会いは、昭和七年、『男装の麗人』を世に出し、川島芳子は、〝東洋のマタハリ〟と称され一躍有名になった。

戦後、鎌倉に居を構えた氏は、『本朝画人伝』の流れをくむ『近代作家伝』を「新潮」に発表。足で歩いた評伝のはしりとして評価されたこの作品によって地歩を固めた梢風のもとに、読売新聞の経済欄に読物を載せるという企画が舞い込んだ。氏のライフワークとなる『近世名勝負物語』は、人生即勝負という解釈のもと各界の一流人物を取り上げ、昭和二十七年十一月から昭和三十六年に亡くなる直前まで連載され「真っ先に経済欄を開いて見る人々に初めて小説を読ませた」という。

職人芸の味わいをもつ作家梢風は、昭和三十六年二月十三日、七十一歳の〝破格〟の生涯を終え、二階堂の覚園寺《かくおんじ》に葬られた。

観念の人 高橋和巳の晩年

鎌倉宮の奥にある理智光寺の谷戸（現、二階堂）には、無念のうちに生涯を閉じた護良《もりなが》親王の墓所があり、山上の首塚まで青く苔むした石段が続いている。昭和四十年九月、中国文学者であり、『悲の器』によって新進作家として世に出た高橋和巳は、住み慣れた関西の地を離れ、作家活動に専念するため、ここ二階堂の首塚の隣へと移り住んだ。時に、和巳三十四歳のこと。

昭和40年頃、愛犬と二階堂の自宅で

昭和六年八月三十一日、大阪市浪速区に生まれた氏は、幼少期を釜ケ崎の風土と土俗宗教的な家庭環境の中で過ごした。十四歳の時に受けた大阪大空襲での体験は、家を火災で失い廃墟の街に投げ出されたことよりも、普段は優しかった人たちが極限状況の下では豹変するという苛酷な実体験を通して、人間というものを自覚する転機となったという。

昭和二十四年、京都大学文学部に入学。大学では中国文学を専攻しつつ、「京大文芸同人会」を後にSF作家となる小松左京らと発足させた。昭和二十八年九月には、同じ京大の仏文科に通う岡本和子《たかこ》（作家、高橋たか子）と運命的な出会いの後、翌年十一月三日に結婚。たか子夫人が自ら「夢と夢との結婚」と称した二人の結婚は、作家になるという夢に向かって結実していく。

大学院に進学する傍ら小松左京らと新たに同人誌「対話」を創刊。昭和三十三年に足掛け五年の歳月をかけた処女作『捨子物語』が出版されるまで、主に家計を支えたのはたか子夫人であった。翌年には大学院博士課程を修了。立命館大学の講師をしながら創作を続け、昭和三十七年には、「明治維新以来、日本を変えた官学系インテリの精神構造を書きたかった」という『悲の器』によって第一回文芸賞を受賞した。

鎌倉に居を構えた後は、大本教を題材に宗教と人間をテーマにした代表作『邪宗門』を執筆。作家として充実期を迎えた和巳は、戦後の政治と人間を軸にテロリズムを扱った『日本の悪霊』など、新しいテーマへと意欲的な挑戦を続けていく。

昭和四十二年、吉川幸次郎教授の後任として赴任を要請された和巳は、母校京大の助教授として単身京都に赴く。折からの学園紛争に巻き込まれる結果となったこの京都行は、全共闘支持を表明した氏の誠実さ故に、精神的にも肉体的にも過酷な日々の連続となり、身体の異常を酒で紛らわす悪循環となってしまう。

昭和四十五年、静養のため、鎌倉の自宅に戻ってきた氏は、翌年五月三日、肝臓への癌の転移のため、三十九歳で死去。学者と作家の二足の草鞋を履く高橋和巳のあまりに若すぎる死であった。

護良親王の墓所がある旧宅辺り

瑞泉寺に眠る歌人 吉野秀雄

早春、鎌倉の瑞泉寺には、水仙と梅の花が咲き誇る。その山門の手前にある真鶴石の歌碑には吉野秀雄の歌が刻まれている。

死をいとひ　生をもおそれ　人間の
ゆれ定まらぬ　こころ知るのみ

吉野秀雄

慶應義塾大学在学中に肺結核を患った氏は、大学を中退後、「アララギ」派の短歌に親しみ、転地療養を続けながら歌の道を志していく。昭和六年六月、療養のため鎌倉市小町に転居。私淑していた会津八一によって艸心《そうしん》洞と名付けられた住まいは氏にとって終生の地となった。

昭和十九年夏、妻はつが急逝。残された四人の子供たちとの生活に困窮していた一家のもとに、兄嫁の紹介により後の伴侶となる八木登美子が子供たちの教育係として移り住んだ。詩人八木重吉の妻であった登美子は、若くして夫を亡くし残された愛児二人をも病で失い、茅ケ崎の南湖院で事務員として働いていた。戦時下の苦しい生活の中で、かけがえのない家族を失うという大きな悲しみを乗り越えた者同志の「血涙を流したものにのみ許される人生」がここに始まったのであった。

わが胸の　底ひに汝《なれ》の　恃むべき
清き泉の　なしとせなくに

『誓詞』として短歌三首を読み上げた吉野秀雄は、昭和二十二年十月二十六日、八木登美子と結婚。時に秀雄四十六歳、登美子四十三歳のこと。この年、歌集『寒《かん》蟬《せん》集』『早梅集』を相次いで発表。敢えて歌壇には属さず、生活に密着した率直な独自の詠風を作り上げていった。

前年の昭和二十一年、材木座にある光明寺の庫裏、本堂に開校した「鎌倉アカデミア」の教授となった氏は、昭和二十五年に廃校となるまで教壇に立った数少ない教授のひとり。敗戦後の食糧危機と無給状態の苦しい生活ではあったが、「鎌倉アカデミア」の自由で新鮮な空気を愛した氏は、熱意溢れる「万葉集」の講義で多くの学生たちを魅了した。

「山口君！恋をしなさい」。当時の学生の一人であり後に作家となった山口瞳氏は、常に凛々とした気概で歌を詠み行動する氏の言葉に勇気づけられたという。

永く病床にあり死を見つめつつ、短歌の正道を歩んだ吉野秀雄は、昭和四十二年七月十三日、自宅の艸心洞において六十五歳の生涯を終えた。毎年、命日には、墓所のある瑞泉寺に氏を慕う人々が集い、艸心忌が営まれる。

山々の　芽吹く勢《きほ》いは　ひとり立つ
一覧亭の　我に押寄す

瑞泉寺の裏山にある一覧亭から望む富士の姿を愛でた氏が詠んだ早春の歌は、何事にも真摯に立ち向かう益男《ますらお》の姿を映し出している。

瑞泉寺の歌碑

大正歌壇の歌人 木下利玄

竹の寺として知られる報国寺の本堂を左手に入ると、紅椿の花の下に木下利玄《きのしたりげん》（本名、利玄《としはる》）の歌碑が佇んでいる。

歩き来て　北条氏果てし　岩穴の
ひやゝけきからに　古《いにしへ》おもほゆ

木下利玄　大正13～14年頃

「鎌倉古跡」と題された中の一首、大正七年春の作である。

晩年を鎌倉で過ごした木下利玄は、大正十四年二月十五日、大町字釈迦堂口の自邸で家族に見守られ静かに息をひきとったという。時に三十九歳の若さであった。

岡山県旧足守藩主の弟、木下利永を父

にもつ利玄は、藩主の急逝により四歳にして第十三代当主子爵に。東京の本邸で暮らすため父母と別れ上京することになる。名門の御曹司として孤独な幼年時代を過ごした氏は、学習院に進み、初めて心を開き語り合える友と巡り合う。後に「白樺」の同人となる武者小路実篤、志賀直哉、里見弴らである。既に、十二歳より佐々木信綱の「竹柏園」に入門していた利玄は、「白樺」の前身となる「十四日会」のメンバーとなり、当初は小説家志望であったという。

「白樺」創刊の翌明治四十四年、照子夫人と結婚。幸せな家庭生活が約束されていたはずであったが、相次いで長男、次男が夭折。結果的にはこの幼な子の死が氏を短歌一路の道へと誘うことになり、利玄調と呼ばれる独特の歌風を築くことになった。

大正五年、夫人への「慰藉《いしゃ》と健康回復のため万事を放擲《ほうてき》し」三年にわたる旅へと出発。途中、旅先の別府で生後六カ月の長女をも失う悲運に見舞われた後、安住の地として辿り着いたのが鎌倉であった。

大正八年一月、白樺派の同人園池公致《そのいけきんゆき》の世話で鎌倉に居を移した利玄は、翌年大町に家を新築。この頃から、近隣には長与善郎や千家元麿、梅原龍三郎ら白樺派の人々が移り住み交友を深めていった。
「まるで花籠の中にいるようです」と千家元麿が書き記したように、草木花卉に愛着を持った利玄は、自然に恵まれた邸内で数々の代表作を残す。大正十一年には三男利福《としとみ》に恵まれるが、自身は肺結核を患い病臥生活が続いた。

牡丹花は　咲き定まりて　静かなり
花のしめたる　位置の確かさ

故郷岡山の足守小学校では毎年、命日の頃に行われる利玄祭で、高学年がこの短歌を詠み、六年生が利玄の業績を発表するのが恒例の行事になっているという。病床に咲く鉢植えの牡丹を詠んだこの歌は、揺るがぬ品格と内面から滲み出るおおらかな人間味をたたえている。

(注)…報国寺の歌碑には菅原義道住職が建立の際に一部を改めたものが刻まれている。

報国寺にある木下利玄記念歌碑(注参考)

近代洋画の父 黒田清輝

明治二十六年六月十四日、パリ画壇においてデビュー作「読書」がサロン入選を果たすという輝かしい実績を得た黒田清輝《くろだせいき》は、十年間にわたるフランス滞在を終え、前途洋々パリを出発、帰国の途に着いた。明治十年代後半から国粋主義の圧迫を受け、不振が続いていた洋画界にとって氏の帰国は、「黒田さえ帰ってくれば日本の洋画は一新する」とまで言われる期待に満ちたものであった。

黒田清輝（提供 東京文化財研究所）

慶応二年六月二十九日、島津藩士黒田清兼の子として鹿児島県に生まれた清輝は、四歳の時、維新の際の功労により子爵を授けられ伯父清綱の養子となる。明治十七年、政府高官の子息として将来を嘱望され、十八歳で法律を学ぶためパリに留学した氏は、師ラファエル・コランとの出会いを機に、画業に専念。コランの画風を受け継いだ外光表現は、天性の才能をたちまち開花させた。

帰国後は、褐色調の暗い画風（脂派《やに》）が支配していた明治の洋画界に対し、外光を取り入れたみずみずしい技法（紫派）によって新風を吹き込み、僚友の久米桂一郎と共に画塾天真道場を開設。新旧両派の対立の中、明治二十九年には「白馬会」を結成。また、東京美術学校に新設された西洋画科の教師として迎えられたのもこの年であった。

帰国翌年より、たびたび逗子、鎌倉を訪れ「逗子五景」、「富士六景」などの風景画を描いていた氏が、鎌倉に別邸奏笙軒《そうしょうけん》（現、材木座二丁目）を新築したのは大正三年一月のこと。前年創立された国民美術協会の会頭も務め、名実共に洋画界の重鎮となった黒田清輝は、時に四十八歳。

教育行政の仕事に広く携わる傍ら、鎌倉での滞在中は骨董屋を訪ね、青磁や瓦の破片を拾い集めては色調の変化を観察し、陶磁器の感触を色調に取り入れた「仲秋山荘」「茶休」など、数々の優れた小品を生み出した。
現在、別邸跡地に住む「清水湯」のご主人清水庄次郎氏によると、奏笙軒は約四百坪の敷地に三階建てのアトリエが建ち、邸内には大きな石造りの鳥居と稲荷社があったとのこと。鳥居と社は秋葉山に奉納されたが、稲荷の祠は今も夫妻の手で守り続けられている。

世の中を　おもひはなれて　松風の
おとに心を　すますやとかな

新築記念に養父清綱から送られた和歌のように、晩年、貴族院議員となり政治家としても多忙を極めた清輝にとって、鎌倉の暮らしは、絵画の制作に没頭できるやすらぎの場だったのではないだろうか。

別邸があった「清水湯」

鎌倉アカデミア

鎌倉アカデミアの教授陣（最前列三枝博音学校長、２列目左吉野秀雄、最後列右から３人目高見順、５人目林達夫）

毎年、夏になると海水浴客で賑わう材木座海岸。その材木座にある鎌倉の古刹、浄土宗大本山光明寺の境内には「ここに鎌倉アカデミアありき」と刻まれた記念碑が建てられている。戦後教育の原点と評される「鎌倉アカデミア」は、昭和二十一年五月、ここ光明寺の本堂、開山堂、庫裏を仮校舎として、当初「鎌倉大学校」の名称で開校した。

終戦後まもない昭和二十年の秋、鎌倉に進駐軍の慰安所を誘致する動きが持ち上がったのを契機に、これを憂慮した地元の人によって「鎌倉文化会」が発足。「鎌倉山に大学をつくろう」と準備委員会を設立したのが、「鎌倉大学校」のそもそもの母体となっている。

戦後の混乱期、新円への切り替えによって資金の調達が困難となり、理事が次々と退陣。鎌倉山の校舎建設は水泡に帰したが、飯塚友一郎学校長の後を受けた哲学者三枝博音《さいぐさひろと》学校長によって、昭和二十一年九月、「楽しい学園づくり」が新たにスタートした。

産業科、文学科、演劇科、後に映画科を創設。教授陣には、歴史学者の服部之聡、文学者の林達夫、歌人吉野秀雄、作家高見順など、そうそうたるメンバー。学生は、男女共学で十六歳から二十七歳と幅広く、復員組がもっとも多かったという。約八百名の卒業生、在学生の中からは、作家の山口瞳、作曲家のいずみたく、映画監督の鈴木清順、放送作家の前田武彦など多くの人材を輩出している。

平成九年三月、鎌倉市中央図書館から『鎌倉近代史資料第十二集青春・鎌倉アカデミア』が発行された。資料の収集と編集にあたった平田恵美氏は「占領下にあった日本の戦後史の一断面として見て頂ければ…」と語る。

光明寺を学び舎とした「鎌倉大学校」は、海軍燃料廠跡（横浜市戸塚区）に移転後、「鎌倉アカデミア」と名称を変えたが、資金難のため、昭和二十五年、廃校に追い込まれた。

戦《いくさ》敗れし国土《くちつち》の
おきてことごと新しく
萠ゆる芽生えに先がけて
ここにわれらは集いけり
……

鎌倉アカデミア記念碑
（光明寺、揮毫　西郷信綱氏）

吉野秀雄教授の作詩による「学生歌」には、敗戦後の虚脱感の中から立ち上がり「知」への情熱のもとに相集う師弟の姿がある。講義は、境内の桜の下、材木座海岸の砂浜、「分室」と呼ばれた教授の自宅など、授業の枠を越えて行われた。そこには、学問と思想をぶつけあい人間同士としてつきあう場があったのである。

わずか四年半という短命に終わった「鎌倉アカデミア」は、半世紀を経た今もわれわれに教育の本来のあり方を問いかけている。

原の台の虚子庵

波音の　由比ヶ濱より　初電車

江ノ電和田塚駅から由比ケ浜駅の途中に位置する虚子庵跡には、今も江ノ電の走り行く音と踏切の警笛を背に、高浜虚子《たかはまきょし》の句碑が佇む。

高浜虚子

明治七年、松山市で生まれた虚子（本名、高浜清）は、伊予尋常中学校で終生の友でありライバルとなる河東碧梧桐を識る。文学者を志す二人は、同郷の正岡子規を頼り上京。後に子規門の双璧となった両者は、碧梧桐が自然主義に拠り新傾向俳句運動を推し進めたのに対し、虚子は古典主義の立場から客観写生を主張、花鳥諷詠をその基本理念とした。

明治四十三年十二月、一家は次女立子の病気療養を兼ね鎌倉に転居。この年、二年間勤めた国民新聞文芸部部長の職を辞し、発行部数低下で維持が困難となった「ホトトギス」の編集に専念。自ら、「生活を一新しようといふ考へで、鎌倉落ちを志したのであるとも言へる」というこの鎌倉移住を転機に、創作活動も小説から俳句の道へと復帰することになる。

春風や　闘志いだきて　丘に立つ

大正二年のこの句に対して、虚子は後年「暫く黙ってをる間に、俳句界があらぬ方向に進まうとして居た。私は闘はねばならなかった」と述懐。俳句への想いをあらたにした氏は、新傾向俳句運動が全国を席巻するなか、伝統芸術としての俳句を説き、「ホトトギス」に雑詠欄を復活させ、多くの俊英を見出していく。

大正三年四月二十二日、看護の誤りから脳症を患っていた四女六子（白童女）を三歳で失う悲劇に襲われる。鎌倉寿福寺に度々墓参を重ねながら、氏は「これから自分を中心として自分の世界が徐々として亡びて行く其有様を見て行かう」と決意。ありのままの自分を見つめていこうとするある種の諦観は、この時期を境に、その句境の変化とともに人生観にも大きく投影されていくことになる。時に、虚子四十歳のこと。

翌年「ホトトギス」に「進むべき俳句の道」の連載を開始。「ホトトギス」を出発点とする多くの俳人、次女星野立子《たつこ》をはじめとする女流俳人を育てあげた。家庭では良き父として人一倍家族思いであった氏は、七人の子供に恵まれ、それぞれが優れた俳人として花鳥諷詠の精神を今に受け継いでいる。

鎌倉の　草庵春の　嵐かな

昭和三十四年三月三十日、婦人子供会館で行われた句謡会での作。この翌々日、脳溢血で倒れた氏は、草庵の桜が散りゆくなか、二度と目覚めることがなかった。

鎌倉の風情を愛し、ほぼ半世紀近くを通称原の台の虚子庵（現、由比ガ浜）で過ごした氏は、昭和三十四年四月八日、八十五歳でその生涯を閉じた。毎年、命日には寿福寺で虚子忌が執り行われている。

虚子庵跡に建つ句碑

藤村 鎌倉での青春

「途中で捨吉が振り返って見た時は、まだ兄弟は枯々とした田圃側に立って見送っていてくれた。…そこはもう東海道だ。旅はこれからだ」

島崎藤村（本名、春樹）の苦難に満ちた生涯は、この鎌倉を起点とする漂泊の旅から始まった。それは師弟の枠を超えたひそやかな想いへの苦悩と挫折からの再生を期した旅立ちであった。

21歳の島崎藤村

時に藤村二十一歳、教え子の佐藤輔子《すけこ》二十二歳。明治二十六年、明治女学校の教壇をわずか一学期間で去ることになった藤村にとって、輔子への愛は想いを告げることもない全くプラトニックな感情であった。しかし、輔子には既に婚約者がおり、そういう女性を愛してしまったことが当時の倫理観では罪の意識を伴うものだったのだろう。

「その年の暑中休暇を捨吉は主に鎌倉の方で暮らしたが、未だ曾て経験したことも無いほどの寂しい思いをした。……鎌倉にある岡見の隠栖《かくれが》は小さな別荘というよりも寧ろ瀟洒な草庵の感じに近かった。」

この〝瀟洒な草庵〟が鎌倉笹目町にあった星野天知の山荘、暗光庵。星野家はもともと日本橋にある砂糖問屋で、この地は静養のための別荘として明治二十五年に建てられたもの。明治女学校の教頭であり、雑誌「文学界」のパトロンでもあった星野天知の山荘には同じような青春の懊悩を内に秘めた仲間が集い、文学や恋愛を論じ合う場でもあった。

捨吉を主人公とする自伝小説『桜の実の熟する時』にはこうした交友関係の広がりと輔子（勝子）への愛の挫折を通して漂泊者としての自我の認識に目覚めていく藤村の若き日の姿がある。その同人の中でも、「恋愛は人生の秘鑰《ひやく》なり」という北村透谷との出会いは、藤村の文学的な素地を決定づけた。自らを西行に模し、鎌倉の草庵を兄弟に見送られ旅立つ藤村の心は、桜の実のような未だ青春の甘酸っぱさを宿すものだったのである。

「一人の芸術家の周囲には死屍累々となるものです。」という川端康成の言葉を思い起こさせるような、その後の藤村の波瀾に満ちた日々。敬愛する透谷の自殺、佐藤輔子の死、「生活上のあらゆるものを犠牲にしても悔いはない」との信念のもと、『破戒』を完成させる間、三人の子供と妻フユを相次いで失う。その後は姪との背徳の愛を自ら小説『新生』として発表。並々ならぬ生命力で生身の自己を凝視し、小説へと昇華していく原動力は、人生の岐路に立つ時、常に旅人として自己認識することであった。

十八年前、山門が残っていた草庵辺りには、現在、鎌倉虚子立子記念館によって星野天知、立子顕彰碑が建てられている。

草庵跡に建つ星野天知、星野立子顕彰碑

吉屋信子の終のすみか

昭和11年　吉屋信子（左から３人目）吉屋邸にて

昭和四十五年五月八日、「女人平家こそわが救い―いろいろもろもろの妄想の救いぞや。これを書く幸福に死の怖れ消えゆかん」と日記に書き記した吉屋信子は、翌年から体調を崩し、昭和四十八年七月、七里ガ浜の恵風園病院で七十七歳の生涯を閉じた。最後の作品となった『女人平家』は、現在、鎌倉市に寄贈され吉屋信子記念館となった長谷の家で執筆されたもので、記念館はその後、女性の文化教養活動の場として利用されている。

中原淳一の挿絵と共に、この世代に青春への郷愁を呼び起こさせるのが、自ら「わが文筆生活のなつかしき揺籃(ゆりかご)」という文学的出発点、『花物語』。少女小説という新たなジャンルを切り開いたこの作品が、近年、国書刊行会などから復刻版として出版され、たちまち増刷。再び脚光を浴びている。

生涯、女性を主人公とし、女性からみた文学世界を追求した彼女にとって、その文学の根底に流れるものは父権社会への反発であり、女性解放への賛歌でもある。

大正十二年一月十二日、奇しくも信子の誕生日のその日、金子しげり(後の山高しげり)は、後に生涯の理想的伴侶となった門馬千代を信子に引き合わせる。出会ったその日から同じ波長を持つことに気づいた二人は、友情を越え、より高い魂と魂の純粋な結びつきへと想いを昇華させていく。

異性への想いよりも同性への思慕の情を上質のものとする信子にとって、千代の存在を抜きにしては、吉屋文学の成り立ちもありえなかったであろう。

同性同志のいがみ合いを嫌い「女が女にやさしく」を実践していた彼女は、女流作家仲間にもっとも慕われた人でもあった。後年、少女小説から家庭小説、短編、伝記、歴史小説へとジャンルを広げていくなか、殊に女性の視点から捉えた歴史小説では、女流時代小説界の先駆けとなった。

幅広いジャンルと卓越したストーリー故に、多くの読者（特に女性）に親しまれる売れっ子作家であった吉屋信子。その多彩な才能に相反し文壇的な評価があまりに低すぎるのは残念なことである。

死を覚悟した昭和四十八年、年頭に「この道よりわれを生かす道なし…」と綴った信子は、『太閤北政所』の構想を胸に一作家としての生涯を全うした。

鎌倉の谷戸の静けさを愛した信子は、今も高徳院裏にある墓地に眠る。墓碑の手前に建つ句碑、「秋燈下机の上の幾山河」、彼女の人生が凝縮された言葉である。

ⓘ吉屋信子記念館
鎌倉市長谷一－三－六
一般公開（問い合わせ http://www.city.kamakura.kanagawa.jp/gakusyuc/yoshiya-koukai.html）
鎌倉市役所教育部教育総務課鎌倉生涯学習センター

吉屋信子記念館

山の音　川端康成

昭和四十三年十月十七日、鎌倉市長谷にある川端康成邸の門前は多くの報道陣による人だかりができていたという。

この日の午後、ノーベル文学賞受賞の報が、川端邸に届いたからである。

昭和27年頃、愛犬バロンと　由比ガ浜にて

ノーベル文学賞は、日本人初の快挙。『雪国』『千羽鶴』『古都』などに描かれた日本固有の叙情の美が、海外でも高く評価されてのことであった。この時、氏は六十九歳。

初期の代表作『伊豆の踊子』の舞台湯ケ島、天城峠、冒頭の一文と共にあまりに有名な『雪国』の舞台越後湯沢、茶会のシーンが印象的な『千羽鶴』の舞台北鎌倉円覚寺、四季の風物を背景として描かれた『古都』の舞台京都の北山杉。数々の作品によってその舞台となった地を世に知らしめ、日本の伝統美と四季の移ろいを描くことで、われわれ日本人が無意識の内に求めているある種の郷愁を呼び覚ますのが川端文学である。

春は花　夏ほとゝぎす　秋は月
冬雪さえて　冷《すず》しかりけり

「本来の面目」と題されたこの道元の和歌を冒頭に紹介したノーベル賞受賞の記念講演「美しい日本の私」。ここでは、明恵、西行、良寛、一休といった仏教者の歌を挙げながら、氏自身の文学の根幹が語られている。

形見とて　何か残さん　春は花
山ほとゝぎす　秋はもみぢ葉

良寛の歌に集約された氏の想いは、「あらゆる芸術の極意は『末期の眼』であろう」と記したように、常に自然を「末期の眼」

川端邸の裏山にある甘縄神明社

で捕えることでもあった。この感覚は、禅の思想に根差す東洋的なものであり、その点が海外において斬新で日本的なものとして認められたのであろう。

昭和十年、林房雄の誘いで鎌倉の浄明寺に移り住んだ氏は、以後、二階堂、昭和二十一年には長谷に転居。名作『山の音』の舞台となった甘縄神明社の前に今も残る川端邸からは、数々の名作が生み出された。

氏は、第二次大戦末期に鎌倉文士によって開かれた貸本屋鎌倉文庫での中心的な役割を果たし、戦後、出版社「鎌倉文庫」となった後も、三島由紀夫を世に出すなど、新人発掘の名手でもあった。

敗戦による荒んだ世相、文壇の友の相次ぐ死。「僕は日本の山河を魂として君の後を生きてゆく」と横光利一の弔辞に捧げられたこの言葉は、戦後の川端文学の行く末を暗示している。

現世にあっても常に「末期の眼」を意識した彼岸の人川端康成は、昭和四十七年四月、仕事場として購入したばかりの逗子マリーナのマンションで自らの命を絶つ。時に七十二歳。鎌倉を終の棲み家とした氏にとって、鎌倉の谷に響く「山の音」は、川端文学を象徴するものだったのではないだろうか。

由比ガ浜 青春の朔太郎

平塚の病院に昔知れる女の友の病むときいて長い松林の小路をたどって東へ東へと急いだ。
海に望む病院のバルコニイに面やつれした黒髪の人と立ってせめて少年の時の追憶を語り合ひたかったのである。

—『ソライロノハナ』集中「平塚の海」より—

萩原朔太郎　大正４～５年頃

昭和五十二年秋に発見された『ソライロノハナ』は、後年、近代詩の先駆的詩人として認められた萩原朔太郎《はぎわらさくたろう》の初めての作品集である。大正二年四月に編まれたこの作品は、自撰自筆歌集。詩に転向する以前の朔太郎唯一の歌集であり、ただひとりの女性のために捧げられたものであった。

前橋の裕福な医者の息子として育った朔太郎。思慕した女性馬場ナカ（後に洗礼を受けエレナと呼ばれた）は、妹ワカの親友であり互いの家も近く幼馴染みであったという。朔太郎はこの時、十九歳、エレナ十四歳、明治三十七年のことである。

しかし、朔太郎が度重なる落第で第五高等学校、第六高等学校と転々とするうち、エレナは明治四十一年、十八歳で結婚。第六高等学校を退学の後、三年の東京放浪生活を経て、大正二年に郷里前橋に戻った朔太郎に、突然エレナからの転居通知が届いた。肺結核を患い転地療養していることを知った朔太郎は、今までに作った短歌を集成し、序詞に自身で写したマント姿の自らの肖像も添え、ただ一冊の手作りの作品『ソライロノハナ』を完成させたのである。

平塚杏雲堂病院に入院した後、七里ガ浜に移ったエレナを追って、朔太郎と妹のユキは四日間転地先を捜し歩くものの見つからず、青春の記念碑『ソライロノハナ』は彼の手元に残る結果となった。

この一連のエレナに関する追憶は、朔太郎に文学を一生の仕事にしよう、という決意を固めさせ、歌に別れを告げ歌人から詩人への道を選ぶ転機ともなったのである。

　こうしてエレナの幻影は、その後も朔太郎の詩の上に大きな謎として反映され、海辺をイメージさせる作品はエレナへの想いを表したものともいわれている。

　保養のため滞在した坂ノ下の「海月楼」で処女詩集の編集にあたった朔太郎は、翌大正六年、『月に吠える』を出版、高い評価を得た。

　しかし、この三カ月後、エレナは転地先の腰越で二十七歳の生涯を終え、朔太郎は人生第二の転機を迎えた。彼にとってこの湘南の地は哀切に満ちた生涯忘れえぬ悲しみの町だったのだろうか。

　現在、「海月楼」跡には色とりどりのサーフボードが並ぶ。青春のイメージそのものの由比の浜辺、真夏の喧騒は過ぎ去り修学旅行生たちの明るい笑い声が響いている。

由比ガ浜の海

文士中山義秀と極楽寺

中山義秀

昭和十八年八月、南方の戦地に海軍報道班員として従軍していた中山義秀《なかやまぎしゅう》（本名、議秀《よしひで》）は、留守中、再婚した女流作家眞杉静枝の手によって終生の地となる極楽寺に居を構えた。十二月に南方を巡り帰還した氏は、「松山を背景に八幡宮の緑青をふいた銅の屋根と朱塗の社殿を高きに望んだ時、僕は曾て覚えなかったほどの美しさを感じた」と『鎌倉交遊記』に記している。

明治三十三年十月五日、福島県岩瀬郡大屋村（現、西白河郡大信村《たいしん》）に生まれた義秀は、大正七年、早稲田大学高等予科に入学。「山猿を文学に開眼してくれた」という生涯の師友横光利一を識る。この邂逅は、氏のその後の生涯を決定づける出来事であった。

文学部英文科在学中の大正十一年には、横光らと同人雑誌「塔」を創刊し処女作『穴』を発表。翌年大学を卒業後、初恋の人、赤田トシと結婚した義秀は、三重県立津中学校に英語教師として赴任。教職などの傍ら創作を続け、昭和十三年に『厚《あつ》物咲《ものざき》』によって第七回芥川賞を受賞するまで、苦節十年といわれる日々を送ることになる。この間、貧窮のうちに次男、三男、四男が相次いで夭折。昭和十年には妻トシも肺結核で亡くすという苦難の末、心に十字架を負いつつ、背水の陣で執筆したのが文壇デビューとなった受賞作『厚物咲』であった。時に義秀、三十八歳のこと。

翌年には、水戸藩士で天狗党にも加わったという氏の祖父をモデルにした『碑《いしぶみ》』を発表。後の剣豪小説や歴史小説の母体となるこの作品によって文壇での地位を確立した。

鎌倉在住後は、久米正雄や高見順らと共に貸本屋鎌倉文庫に参画。「地獄谷」と称された氏の家には、文学を志す人々が多く集い、酒を飲みながら文学論を戦わせた。今も極楽寺に住む次女の日女子《ひめこ》氏は、その当時を「文筆に携わる人たちは、有名、無名に拘わらずインテリとしての自負を持っていたのです。互いを文学に魅せられた戦友として敬いあい、そこには濃密な人間関係がありました」と振り返る。

昭和二十一年、眞杉静枝と協議離婚後、翌年、江川スミと結婚。安らかな日々を得た氏は、歴史を独自の心眼で捕らえた作品を生み出す。昭和三十九年には、夫人とともに歴訪中のカイロで『咲庵《しょうあん》』の野間文芸賞受賞を知り、翌年の食道癌手術後は中央公論に遺作となる『芭蕉庵桃青』の連載を開始した。

昭和四十四年八月十九日、古武士の風格と気骨を自らの作品と生き様に刻み込んだ氏は、六十八歳の峻烈な生涯を終えたのである。

故郷、大信村の地形に似た極楽寺

田中英光　稲村ガ崎の少年期

昭和７年 第10回オリンピックに参加の早大クルー田中英光（後列左端）

若い世代の方には、映画「稲村ジェーン」の舞台として、年配の方には、太平記の新田義貞が黄金の太刀を海に投じた伝説の場所として記憶に残る土地、鎌倉稲村ガ崎。

江ノ電沿いに稲村ケ崎から極楽寺へと行くと姥ケ谷があり、今でも昔の面影を残す静かな佇まいが広がっている。ここ姥ケ谷で少年時代を過ごしたのが、『オリンポスの果実』で有名な田中英光。

昭和七年、第十回ロサンゼルスオリンピックにボートのエイトクルー選手として参加。後年は無頼派の作家として名を残したオリンピックの出場経験を持つ作家という稀有の人でもある。

今も昔もオリンピック選手というのは輝かしい青春の代名詞のような存在。自己と国の名誉を担うこれ以上誇り高い憧れの対象は他に見当たらない。その晴れがましい経験をもとに、共にオリンピックに参加した走り高跳びの選手〝秋ちゃん〟（本名、相良八重）への想いを手記という形で書き綴ったのが、『オリンポスの果実』である。

「あなたにとってはどうでしょうか、ぼくにとって、あのオリンピアへの旅は一種青春の酩酊のごときものがありました。」という一文から始まるデビュー作は時代を超えて読み継がれうる青春の感激に満ち溢れている。

八歳の時から父の別荘があった姥ケ谷に移り住み、湘南中学（現、湘南高校）卒業時まで兄の影響を色濃く受けながら、文学少年として夢多き多感な時を送る。身長一八〇センチ体重七〇キロという偉丈夫。その立派な体格を見込まれてボートのクルーになったほどだが、童顔で性格は純真で繊細そのもの。その当時を知る英光の姉珠子の友人、極楽寺の永井栄さんは、「姉上の部屋で話をしているとヒョコッと顔を出して何かしらチョッカイを出していく、茶目っけたっぷりの明るい坊やでしたのにね。あんな悲しい最期になるなんて、子供の頃を考えると信じられません。やはり当時の世相のせいでしょうね」と述懐する。

晩年はアドルム（薬物）中毒、愛人への刃傷事件など、『オリンポスの果実』の健康的な輝かしさとは対比的で日本の戦中、戦後の混乱期を、その純粋さ故に一身に受け止めてしまった感がある。その後、戦後の混沌としたなか、『さようなら』という作品を最後に、太宰に才能を見出され深く私淑していた英光は、三鷹禅林寺の太宰の墓前、三十六歳の若さで自らの命を絶った。

無垢な魂を育んだ鎌倉の地。彼の愛した稲村の海には今日も色とりどりのウィンドサーフィンの帆が揺れている。

英光が愛した稲村の海

三角錫子　七里ヶ浜哀歌

「みぞれまじりの氷雨が降りしきる、この七里ヶ浜の沖合で、ボート箱根号に乗った逗子開成中学校の生徒ら十二人が遭難、転覆したのは、一九一〇年（明治四十三年）一月二三日のひるさがりのことでした。…」

鎌倉市稲村ガ崎の海浜公園に建つ有名なブロンズ像「ボート遭難の碑」。台座には、「七里ヶ浜哀歌」の歌詞と共に右記の一文が刻まれている。

三角錫子教諭

一月二十三日、日曜日のこの日、蛮食会の材料調達のため鳥撃ちに出かけ漕ぎだしたボートは、江の島へ向かう途中、七里ガ浜の沖合で転覆。十二名の若者の尊い命が失われた。

二日後の二十五日、遭難した徳田四兄弟のうち、長兄の勝治が末弟の武三（逗子小学校高等科二年）をしっかりと抱きかかえたまま引き上げられた姿には、多くの人が死に臨んで失わぬ兄弟愛に心打たれたという。

二月六日、逗子開成中学校庭で行われた追悼大法会には五千名にも及ぶ会葬者の列が続いた。その中には逗子開成中学（現、逗子開成学園）とは、兄妹校でもある鎌倉女学校（現、鎌倉女学院）の生徒の姿もあった。鎌倉女学校の三角錫子《みすみすずこ》教諭に伴われた黒紋付、袴姿の女生徒約六十名は、教諭のオルガン伴奏に合わせ「七里ヶ浜哀歌」を合唱。清澄な歌声は参列者の涙を誘った。

この歌詞は、逗子池田に住んでいた三角教諭が、日頃から弟のように接していた生徒たちの悲報を聞いた二十五日、詩句を一晩で書き上げたものであった。時に三角教諭、三十七歳。

真白き富士の根　緑の江の島
仰ぎ見るも　今は涙
皈《かえ》らぬ十二の　雄々しきみ霊に
捧げまつる胸と心

徳田兄弟をモデルにした
ブロンズ像

この遭難事故の後、三月末に鎌倉女学校を退職した三角教諭は、大正五年に常盤松女学校（現、トキワ松学園・東京）を創設。「学びたいけれど学べない人たちにこそ教育の機会を」と夜学を設けるなど、進歩的な女子教育家であった。

大正十年三月十二日、四十九歳でその生涯を終えた三角錫子女史は、徳田兄弟の墓碑が佇む材木座の長勝寺に眠っている。

逗子開成学園の事務長上野尚之氏によると、今も同学園では命日に全校集会を開き、吹奏楽部の七里ヶ浜哀歌演奏のもと、黙祷を捧げ、校内の追悼碑に献花をしてこの日を偲ぶという。哀調溢れる詩とメロディーは、これからも歌い継がれていくことだろう。

原曲は、インガルス作曲の賛美歌集にある「我らが家に帰る時」（曲名Ｇａｒｄｅｎ）。長い間、作曲者はガードンと紹介されていたが、逗子開成学園の肥後文子氏らの調査により、曲名と作者が取り違えられて伝わったものと判明した。

ボート遭難事故から百二年が経った今年も追悼式が行われた。同校のホームページの連載「真白き富士の根」にはボート遭難事故の詳細が記されている。

西田幾多郎 姥ケ谷の晩年

雄大な富士と海を望む七里ガ浜の浜辺に建つ歌碑には、

七里ヶ浜夕日漂う波の上に
伊豆の山々果てし知らずも

と詠んだ哲学者、西田幾多郎《にしだきたろう》の歌が刻まれている。

西田幾多郎　昭和16年
（上杉知行著『西田幾多郎の生涯』燈影舎より）

京都の銀閣寺橋から若王子橋まで続く疏水べりの〝哲学の道〟は、幾多郎が思索にふけりつつ歩いた小径として有名だが、晩年を過ごしたここ鎌倉の地にも、海を愛した氏が好んで散策した道がある。

七里ガ浜にある汽船の換気筒を模して作られたユニークな形の歌碑から、

数分ほど山手に入った姥ケ谷には、現在も学習院保存の記念館「寸心荘」として、旧宅が残されている。

氏の生涯に深く関わる二つの古都、京都と鎌倉。明治四十三年、助教授として京都帝国大学に迎えられた幾多郎は、翌年『善の研究』を出版。この書は、従来の近代日本哲学が、西欧哲学の追随のみに終始していたのに対し、明治以降初めて日本人による独自の哲学体系「西田哲学」を確立する萌芽となった記念碑的論文ともいえるものである。『善の研究』の普及とともに、多くの若き哲学徒が京都帝大に集い、机上の論に終わらない氏の生きた哲学に啓発され、京大哲学科は最盛期を迎えていく。

しかし、「私が哲学を学ぶのは、人間における悲哀の探究である。」と記すように、実生活においては、妻が病床につき、長男を不意の病

西田幾多郎博士記念館（寸心荘）

で失い、娘三人も入院生活という相次ぐ悲しみに見舞われた時でもあった。哲学をあくまでも人生の問題が中心であり終結であると捉える所以は、生活上の苦難に心を砕いた経験を持つ人ならではのことと思われる。こうした多難な生涯のなか、唯一のやすらぎの場と時を得たのが鎌倉での晩年だったのである。

妻の亡き後、六年を経た昭和六年、氏は後添えとして琴夫人を迎え、ようやく研究に没頭できる環境が整う。姥ケ谷旧宅にほど近い音無橋のたもと旧津田梅子邸でのお見合いの末、女子英学塾（後の津田塾大学）の教授を務めていた山田琴を終生の伴侶と決めたのである。この時、幾多郎六十一歳、琴四十八歳、人生の新たな出発点であった。

折しも、世のなかは徐々に太平洋戦争へと向かう苦難の時代に入るが、氏にとっては、我が国の行く末に懸念を抱きつつも書斎に籠もりきりの生活が続いた。激しい空襲のさなか、昭和二十年六月七日、姥ケ谷の自宅で琴と娘梅子に看取られ七十五歳の生涯を閉じたのである。

晩年は、孫の手を引き、或いは琴夫人と連れ立って月見草の咲き乱れる七里ガ浜を散策し歌を詠む。そこには、難解な哲学者、西田幾多郎の素顔が垣間見えるようだ。

タネマキスト　小牧近江

小牧近江　昭和40年法政大学の最終講義で

長谷にある鎌倉文学館のバラ園の横には、雑誌「種まく人」の発刊を記念して作られたプレートが小牧近江邸より移設されている。

明治二十七年五月十一日、秋田県土崎港で生まれた小牧近江《こまきおうみ》（本名、近江谷《おうみや》駉《こまき》）は、暁星中学を中退し第一回万国議員会議に出席する父に伴いフランスに渡る。明治四十三年十月、ルーベ元大統領の孫ピエール・ド・サン＝プリも通う名門アンリ四世校に入学するが、父からの送金が途絶えアンリ四世校を放校された。時に、小牧近江十八歳。

その後、日本大使館で働きながら苦学の末、パリ大学法学部を卒業。在学中、ロマン・ロランの門弟であったピエールの兄ジャン・ド・サン＝プリとの交流を通して、ロマン・ロランの思想に傾倒。また、アンリ・バルビュスの「クラルテ（光）」運動に共鳴し、この反戦思想を広めるために大正八年十二月、十年ぶりに帰国した。

大正十年二月には、故郷の仲間とともに第一次雑誌「種蒔く人」（土橋版）を創刊。表紙には、ミレーの有名な種蒔く人の絵と「自分は農夫の中の農夫だ。自分の綱領は労働である」の言葉が記され、日本のプロレタリア文学運動の先駆けとなった。特高の監視のもと、度々引っ越しを余儀なくされていた氏が、山川均、菊栄夫妻と稲村ガ崎に家を建てることになったのは、大正十四年、三十一歳のこと。山川均氏が設計した新居に近い音無橋から七里ガ浜辺りは、当時、松並木が続き、浜辺には月見草や夕顔が咲き乱れていたという。

昭和十四年、社会主義者への統制が厳しくなった中、仏領インドシナへ脱出。昭和十九年、印度支那産業を辞職後、在ハノイ日本文化会館事務局長になり、安南の民族解放にむけて人道的な面から援助した。昭和二十一年五月、引揚船で帰国後、稲村ガ崎に戻り、戦後は文筆活動を中心に法政大学などで教鞭を執る。

「私はよく鎌倉山越えして笛田の山内を往復したが、帰りに夜が白むこともあった」と氏が記しているように、中学時代の同窓である仏文学者の山内義男氏や妙本寺の門前に住んでいた作家の石川淳氏とは三家庭を盥《たらい》回しに飲み廻るのが日課だったとか。大佛次郎氏から寄贈された小さい酒蔵のある稲村ガ崎での生活は、海外生活の長かった氏にとって心やすらぐ場所だったのだろう。

第一次世界大戦のさなかをフランスで過ごし、第二次大戦中は仏領インドシナで戦争の非情さを体験した氏は、昭和五十三年に八十四歳で亡くなるまで、生涯を反戦と平和運動に捧げたのである。

二度と戦争を繰り返さないという決意を込めた「平和の木」は、氏の提案で昭和二十四年、鎌倉駅前に植えられた。この銀杏の木は、その後、市庁舎の敷地内に移され、日本最初の平和宣言をした鎌倉をいまも見守っている。

鎌倉文学館内にある「種蒔く人」のプレート

太宰治 七里ヶ浜心中

昭和五年十一月下旬、ある心中事件が、新聞の全国紙、地方紙に報じられた。

「(鎌倉電話) 二十九日午前八時頃、相州腰越津村小動神社裏手海岸にて若い男女が心中を図り苦悶中を附近の者が発見。七里ヶ濱恵風園にて手当を加へたが女は間もなく絶命、男は重態である…」

三十日付「東奥日報」

昭和４年頃の太宰治（左）

男性は、後に玉川で入水自殺した無頼派の作家、太宰治。当時はまだ無名の東京帝国大生、津島修治であった二十一歳の時のことである。女性は、銀座のカフェ・ホリウッドの女給田辺あつみ（本名、田部シメ子）で、数え年、十九歳（夫は無名画家）という若さであった。

別段親しくもない初めて出会ったという二人が、小動《こゆるぎ》岬の畳磯でカルモチンに

よる服毒自殺を図るに至ったのは何故なのか、

未だに多くの謎が残されている。この事件で女

性だけを死に至らしめてしまった太宰は、自殺

幇助の罪に問われ不起訴になったものの、生涯

の十字架を背負うことになった。

この時、太宰のみ運び込まれたという恵風園

療養所は、今も当時と同じ場所に建つ。明治三

十二年創立、我が国初の開放空気療法を取り入

れた画期的な療養所として、その建物と設備は

海外の諸学者からも高い評価を得ていた。これ

が、後に第一回芥川賞の最終選考にまで残った

『道化の華』の中で、青松園として描かれた療

現在の恵風園胃腸病院

養所の大正期の姿である。

恵風園胃腸病院の四代目、現院長中村氏によると「心中事件のあった当時、運び込まれた青年を手当てしたのは私の父と聞いています。『道化の華』に描かれているようなことはなく、見舞客として訪れたのは青森からお兄さんがみえただけで静かな青年という印象だったようですね」

この若き日の蹉跌は、その後、遺書として書かれたという『晩年』の中に収録されている『道化の華』をはじめ、死後刊行された『人間失格』などいくつかの作品の素材となっている。作品によって様々に脚色されてはいるものの、この負い目は彼の一生涯の悔恨として、作品に吐露されているように思われる。

二人が倒れているのを発見された小動神社裏海岸の畳磯は、今も恵風園胃腸病院のバルコニーから、真正面に望まれるが、広大な逍遥林の中に空気浴場があったという裏山は切り崩され、今ではすっかり高級住宅地と化してしまった。

退院の前日、病院の裏山に登った津島青年は、どのような想いで眼下の小動岬と波打つ海を見ていたのだろうか。この海を見ると「ここを過ぎて悲しみの市《まち》」という『道化の華』の冒頭が耳にこだまする。

立原正秋と薪能

「あれはいつのとしの薪能だったのか、さだかには憶えていないが、狂言が終り、つぎの能にはいる前に、虫の声をひとしきり耳にしたことがあった。静寂なひとときだった」

立原正秋《たちはらまさあき》は、昭和五十三年の「鎌倉薪能」公演プログラムに、右記の一文で始まる随想を寄せている。

立原正秋

世阿弥の「風姿花伝」に強く惹かれていた氏にとって、能は中世の美と無常感を映し出すもっとも端的な世界であった。

氏が古都鎌倉の初秋を彩る年中行事「鎌倉薪能」を題材に名篇『薪能』を発表したのは、昭和三十九年。その後の「自分の道をはっきり定めた」とされるこの作品は、立原文学の出発点にふさわしいものであった。この時、氏は既に三十八歳。

これ以降、芥川賞、直木賞の候補に挙げられた後、昭和四十一年、『白い罌粟《けし》』によって第五十五回直木賞を受賞した。自伝的要素を含んだ『剣ケ崎』『冬のかたみに』を始めとする純文学と『鎌倉夫人』『冬の旅』に代表される大衆文学の両輪をうまく使い分けることの出来た稀有の作家、立原正秋。しかし、どの作品にも共通してその根底に流れているものは、日本の伝統美への憧憬と血（家系）の意識であったように思われる。

大正十五年一月六日、父金敬文《キムキョンムン》、母権音伝《クォンウムチョン》の長男として、大韓民国慶尚北道安東郡に生まれた氏は、金胤奎《キムイユンキュウ》と名付けられた。天燈山鳳停寺の禅僧であったという父を五歳の時に失い、三年後、母は弟や異母妹を伴い渡日。氏一人が安東市の叔父のもとに残されることになる。二年八カ月後の昭和十二年、母の再婚に伴い、横須賀市に呼び寄せられた彼は初めて日本の地を踏む。この時、正秋十一歳。「この世に生を享けた者のつらさ」を幼くして味わった彼にとって、世の無常は感覚として身についた切実なものだった。

渡日後から横須賀商業高校（現、横須賀市立商業高校）時代、早稲田大学在学時に結婚した光代夫人との新婚時代を過ごした横須賀の地。昭和二十五年に鎌倉大町に転入。以来、そのほとんどを過ごし愛した鎌倉。作品の舞台として度々登場する湘南は、『残りの雪』に見られるように、花鳥風月の世界に根差した季節感溢れる湘南の風景である。

旧家壬生家の没落を背景とした従兄同志の道ならぬ恋を薪能の篝火に象徴させて描いた『薪能』。幽玄な篝火の炎に永遠ではなく滅亡だけをみた俊太郎と昌子は、薪能の当日、祖父の残した能楽堂で命を絶つ。

「日本人より日本人らしくあろう」とした立原正秋の中世指向は、晩年になるにつれて立原文学独自の世界へと昇華されていった。

毎年、十月には恒例の「鎌倉薪能」が、鎌倉宮の神苑において催されている。

鎌倉宮の薪能
（提供 神奈川新聞社）

鎌倉山の北畠八穂

昭和三年、北畠《きたばたけ》八穂《やお》（本名、美代）は、「改造」の懸賞小説に投稿したのを機に同誌の編集者であった深田久彌《きゅうや》と恋におちる。脊椎カリエスを病んでいたため入籍は叶わなかったが、昭和七年には大塔宮前、二階堂歌の橋では以後十四年間、「私流の結婚」という同居生活を送った。

この時、八穂、久彌共に二十九歳のこと。

晩年の北畠八穂

「鎌倉の駅へ降りて、ぐるりの山のみどりを見て、じたい田舎そだちの私は、
（ああ、いいところへきた）
と、なつかしく嬉しくなりました。
駅前から人力車で、第一にご挨拶

に行ったのが、大佛邸でした。」

　この随筆集『透きとおった人々』には、交流のあった鎌倉文士たちの素顔や同郷の津島のオンチャ（弟息子）太宰治が二階堂歌の橋の自宅を訪れた時のことなどが、静謐でありながら温かい筆致で綴られている。

　明治三十六年十月五日、青森市に生まれた北畠八穂は、青森高等女学校に在学中、「主婦の友」の懸賞小説で入選を果たし、実践女学校高等女学部国文専攻科に入学するものの脊椎カリエスを発症したため退学し青森に帰郷した。故郷で代用教員を務めながら投稿した作品に彼女の才能を見出したのは深田久彌。上京後、脊椎カリエスの悪化に伴い、紫外線の多いところにと考えて移り住んだのが鎌倉であった。

　この時期、深田が発表した『あすなろう』『津

住居のあった鎌倉山の若松バス停付近

軽の野づら』『鎌倉夫人』は八穂が代作したものだといわれている。同居から十年後にようやく入籍が叶ったが、夫にもうひとつの家庭があることを知る。昭和二十年『自在人』で北畠八穂として作家デビューした八穂は、離婚を機に『ジローブーチンの日記』『マコチン』など次々と児童文学の秀作を発表していく。

深田久彌は、八穂と離婚後、鎌倉を去り、登山家として山岳紀行の連載を始め、今も多くの愛読者を持つ『日本の百名山』を世に出した。昭和四十七年、八穂は『鬼を飼うゴロ』で第十回野間児童文芸賞を受賞、久彌は昭和三十九年『日本百名山』で第十六回読売文学賞を受賞し、それぞれの分野を確立した。

離婚後、八穂は鎌倉山若松に数寄屋風の家を建て、後に『シートン動物記』や『赤毛のアン』の翻訳で知られる白柳美彦との同棲を始める。宿痾《しゅくあ》となったカリエスに悩まされながらも悲しみを生きる力にかえ、戦後は鎌倉山の谷間に焼け出された子供たちを集め、日曜学校を開くなど、津軽魂を秘めた凛とした人であった。

西に富士、左に箱根、右に丹沢の山々を望む山家で、昭和五十七年三月十八日、白柳氏に看取られ七十八歳で亡くなったのである。

鏡花と岩殿寺

「南無観世音菩薩」と記された赤いのぼりがはためくなか、遠く続く石段。この百三十段の石段を上りきったところに、享保十三年建立の観音堂が静かに佇んでいる。振り返ると眼下に岩殿寺の堂宇、遠くかすかに逗子海岸が望まれるこの地は、神奈川百選にも選ばれた県下屈指の景勝地でもある。

晩年の泉鏡花

岩殿寺は奈良時代、徳道上人によって創建された古刹。後白河法皇御行幸の折、板東三十三観音の霊場第二番札所と定められ、鎌倉時代は源頼朝が毎月欠かさず参拝したという。今では、泉鏡花（本名、鏡太郎）ゆかりの地として名

高い岩殿寺、山門の脇には、

普門《ふもん》品《ぼん》　ひねもす　雨の桜かな

の句碑も立ち、観音堂前には晩年の鏡花が寄進したという鏡花の池も現存する。

そもそも鏡花と逗子との縁は明治三十五年にまで遡る。ひと夏の避暑のため逗子の桜山に滞在した鏡花のもとに、のちの夫人すゞ（神楽坂の芸妓桃太郎）が週に二日ずつ訪れ台所を手伝っていたが、たまたま東京から訪れた鏡花の師、尾崎紅葉に見つかり叱責されたこともあったという。ここでは、のちに新派劇の名台詞でむしろ有名になった「俺を棄てるか、婦《おんな》を棄てるか」の『婦系図』の生の姿があったのである。

二度目に滞在した明治三十九年には、すでに紅葉は亡くなり師の反対で一度は泉家を去ったすゞも晴れて鏡花の妻となっていた。しかし、この間の身辺の変化と様々な心の葛藤によって、胃腸障害と極度の神経衰弱に見舞われた鏡花は、すゞの勧めもあって逗子の田越で静養生活に。

不遇な都落ちの時代とも言われるこの時期は、ひと夏の予定が四年にも及んだが、ここ逗子でいくつもの名作が生み出された。その一つが、岩殿寺観音堂を舞台にした『春昼《しゅんちゅう》』『春昼後刻』。
「突当りが、樹の枝から梢の葉へ搦《から》んだような石段で、上に、茅ぶきの堂の屋根が、目近な一朶《いちだ》の雲かと見える。棟に咲いた紫羅傘《いちはつ》の花の紫も手に取るばかり、峰のみどりの黒髪にさしかざされた装の、それが久能谷の観音堂」―『春昼』

逗子滞在中、鏡花夫妻はこの観音様を深く信仰し、田越から三十分の道程を度々お詣りに訪れたという。

「すゞさんは、鏡花先生が亡くなられた後もお見えになっていたようです。私がこちらに来た五十年前までは、箱根のように山深い所でしたが、二十年前から宅地造成が進み、この辺りも様変わりしました」とご住職の奥様、洞外久子さん。

今も三方の造成地に囲まれた高台になる岩殿寺一帯だけが、自然に守られているかのように鏡花と同じ時を刻んでいる。

岩殿寺の山門

徳冨蘆花　不如帰碑

　ボードセーリングの帆が揺れる逗子海岸に程近い波間に建つ「不如帰《ほととぎす》碑」。裏に「徳冨健次郎之碑」と刻まれたこの石碑の下には、徳冨蘆花《とくとみろか》愛用の筆と硯が納められているという。

大正９年の徳冨蘆花

　明治三十年、蘆花と愛子夫妻は、生活を建て直すため馴染みの宿「柳屋」に移り住み、間借り生活を始めた。翌年の夏、海水浴客で賑わう宿に未亡人の母子がやって来た。その母子に一間を用立てた夫妻は、四方山話を交わすうちに大山巌元帥の娘信子の薄幸の生涯を耳にする。

　この夏の一夕話を題材として「柳

屋」で執筆された『不如帰』は、明治三十一年十一月から翌年五月まで兄蘇峰の創刊する「国民新聞」に連載された。

「臨終のあわれを話して『そうお言いだったそうですってね――もうもう二度と女なんかに生まれはしない』――といいかけて婦人はとうとう嘘唏《きょき》して話をきってしもうた。自分の脊髄をあるものが電《いなずま》のごとく走った」と後に蘆花が記したこのエピソードは、夫が大山元帥の副官を務めていた未亡人福家《ふけ》安子の話だけに信憑性のあるものであったという。

逗子と徳冨蘆花の名を一躍有名にした明治時代の大ベストセラー『不如帰』の誕生である。時に、蘆花三十一歳のこと。

この小説のヒロイン浪子は、武男（モデルは子爵三島通庸の長男三島弥太郎）との結婚後まもなく不治の病である結核を患い、実家に引き取られた後、結核の伝染によって、家系が途絶えることを恐れた姑の手によって、わずか七カ月で離縁されてしまう。

「――ああ、人間はなぜ死ぬのでしょう！生きたいわ！千年も万年も生きたいわ！死ぬなら二人で！ねエ、二人で！」

新派の芝居でも有名なこの場面は、『不如帰碑』の眼前、湘南道路を渡った披露山の麓にある浪子不動が舞台となっている。もとは浪切不動といったこの不動堂は、小説の喧伝《けんでん》と共にヒロインの名をとって浪子不動と呼ばれるようになった。モデルとなった大山信子は、明治二十五年、まだ二十歳にもならぬ若さで帰らぬ人となったという。

「柳屋」の裏山は、現在、蘆花公園となり、郷土資料館にむかう蘆花散歩道には、『自然と人生』からの抜粋が立て札に記されている。徳川家十六代家達《いえさと》氏の別荘であった郷土資料館には、蘆花愛用の文机など蘆花、蘇峰を始めとした逗子ゆかりの人々の資料が展示されている。

涼風の通る見晴らし台からは、対岸に浪子不動と、かすかに「不如帰碑」が望まれる。

兄蘇峰の揮毫による不如帰碑

ℹ 郷土資料館
9時〜16時月曜定休（祝日の場合は翌日）
入館料百円　バス富士見橋下車徒歩8分

島田清次郎　逗子養神亭事件

島田清次郎（左）と加能作次郎

大正八年の七月、「……文壇の一角に彗星の如く…」という長編小説『地上』の広告が新聞の一面を飾った。「ある朝起きたら、一夜にして文壇の寵児となっていた」といわれる島田清次郎の衝撃的なデビューである。

天才と狂気の狭間を揺れ動き、さまざまなスキャンダルを引き起こしたうえ、ついには巣鴨保養院に早発性痴呆症として収容されたまま三十一歳の生涯を終えた清次郎。

生田長江が読売新聞文芸欄で絶賛したのを契機に、社会主義の指導的思想家堺利彦や評論家徳富蘇峰の賛辞が重なり、いわゆる文壇小説とは異なった評価を得て思想家、一般社会人の間に読書層を広げ、たちまち『地上』はベストセラーになった。

弱冠二十歳にして、時代の流行児になった清次郎は、もともとの傲岸不遜、大言壮語がますますエスカレートし、次第に人々から受け入れられなくなってしまうが、高額の印税を手にして外遊。アメリカでは大統領クーリッジと会見、イギリスではペン・クラブの初会合に日本の代表的な文学者として紹介されるなど意気揚々と帰国した。しかし、この数カ月後、彼を社会的に葬り去ることになった「養神亭事件」が起きたのである。

大正十二年四月十三日、新聞の三面記事に、小説家島田清次郎（二五）が舟木海軍少将令嬢（二〇）を誘拐のうえ監禁、凌辱したと報道された。事実は、清次郎のファンであった舟木良枝との文通から交際の始まった二人が、たまたま養神亭に宿泊。当日は、皇太子裕仁親王が葉山御用邸に行啓されることから警備が厳しく、挙動不審者として尋問され、偽名で宿泊していたため、氏名詐称で取り調べを受けることになったのである。

今の時代なら、ほとんど社会的には問題にならない単なる若い男女のデート現場が、取り調べを受けたことで、良家の令嬢は父から叱責されるのを恐れ、凌辱・監禁されたと偽りの供述をしたのが、この事件の真相であったらしい。

舟木家より告訴をされたものの、これらの真相が明らかになり清次郎の謝罪状提出で決着したが、悪徳文士の烙印を押された彼は、小説の不出来もあって、またたくまに失墜し、精神的、経済的に追い詰められてしまった。

彼が、文壇の寵児として注目を浴びたのは、わずかに五年。第一次大戦の戦勝気分で高揚した当時の世相と清次郎の境遇からくる立身出世志向とが相まって、ジャーナリズムによって「作り出され踊らされた天才」の悲劇をみる。

当時、二人が滞在した「養神亭」は、明治二十二年、丸富次郎氏が開業した逗子初の近代旅館。現在は渚マリーナとなっている。

平成七年、彼を題材にしたドラマ「涙たたえて微笑せよ」（久世光彦演出）がＮＨＫで放映され本木雅弘が清次郎を熱演した。

明治末期の養神亭（『目で見る鎌倉逗子の100年』郷土出版社より）

中里恒子と田越川の桜

「よく、今年の花も見ることが出来たと、命あることを喜び、確認する。しかし、明日のことはわからない、まして必ず、来年の花が見られるか、不明なのである人間は。今年の花は今年見る。」

芥川賞受賞の年、自宅で
(県立神奈川近代文学館所蔵)

山草野草を心から愛でた中里《なかざと》恒子《つねこ》(本名、恒)にとって、四季折々の草花は生の証しを実感するものであった。その中里恒子が桜満開の中、この世を去ったのは、昭和六十二年四月五日。前年から腸癌を患い自らの死を覚悟しつつ遺作『忘我の記』を完成させた直後、七十七歳のことである。

明治四十二年、中里恒子は、藤沢市本町にあった老舗の呉服太物問屋に生まれたが、骨董を愛し風流を好んだ父の代で家業は傾き、東京、横浜を転々とする。大正十一年、横浜紅蘭女学校（現、横浜雙葉学園）に進んだものの、翌年九月に起きた関東大震災によって家と学校を失う。この不遇な少女時代の体験が文学への関心を芽生えさせ、彼女の人生の分岐点となっていくのである。

恒子が作家としての道を歩み始めるのは、昭和三年。その年十九歳で典型的な有産階級である旧家に嫁いだ彼女は、終生の師となる横光利一や川端康成の知遇を得、恵まれた環境の中、習作時代を過ごすことになる。

一人娘を出産後、療養のため逗子市（現、逗子五丁目）に転居し生涯をこの地で過ごした彼女のもとに、第八回芥川賞受賞の朗報が届いたのは、昭和十四年、恒子三十歳のこと。女性では初めての受賞という栄誉であった。この時、正賞として授与される懐中時計は、受賞者が女性であったため、発表の翌日から急遽女性

田越川沿いの桜と柳

物を探し求めるといったエピソードも残されている。

芥川賞を受賞した『乗合馬車』『日光室』は、いずれも身内の異国人（義姉一家）を題材にしたもの。軍国主義の色合いが濃くなっていく戦前、戦中のこの時期に、日本人のもとに嫁いできた女性たちとその子供たち（混血児）の苦悩を描いた一連の外人物は、愛だけでは越えることのできない「血」や「因習」をテーマとして書き続けられた。

その後、第二の転機となった離婚を経て、作家としての宿命を全うする。四十七歳から以後三十年間、逗子で一人暮らしした恒子は、孤独の中にも自らの日常を慈しむことで、透徹したまなざしに裏付けられた『此の世』『歌枕』などの秀作を生み出していく。

近年、日本版『マディソン郡の橋』と称されて再び脚光を浴びることになった昭和五十二年の『時雨の記』。人生の半ばを過ぎ死の予感を抱きつつ真の愛を追い求める男性。その清冽なまでの真摯さは薫り高く、晩年の彼女の生き方自体にも投影されている。

田越川沿いの旧居は、主亡き後も春爛漫の桜並木に包まれている。

虹の家主人 堀口大學

堀口大學

時はひとつよ
東天に
虹の匂うと
西天に
日の傾くと

富士山と虹をこよなく愛した詩人堀口大學は、晩年、葉山の森戸川のほとりに居を構え、自らを「虹の家主人」と称した。

詩人であり、また仏文学者としてヴェルレーヌ、コクトー、ランボーなどフランスの近代詩の数々の訳詞を手掛けた氏が、昭和の文学界に与えた恩恵は大きい。

昭和四十二年、十八歳で郷里長岡より上京した氏は、吉井勇の短歌に魅せられ、与謝野鉄幹、晶子夫妻の主宰する新詩社に入社。終生の友となる佐藤春夫と出会う。共に慶應義塾大学に学ぶが、外交官であった父九萬一氏の任地に赴くため大学を中退。以後、三十四歳で帰国するまで、その青春のほとんどを海外で過ごし長く結核による療養生活を送った。

父の任地に伴い移り住んだ地は、メキシコ、ベルギー、スペイン、ブラジル、ルーマニアなど。なかでも、大正三年、第一次世界大戦の勃発に伴い逃れたマドリードでの画家マリー・ローランサンとの出会いは、アポリネールなど「エスプリ・ヌーヴォー」（新精神）の詩人を識るきっかけとなり、氏のその後の創作活動に大きな影響を与えた。

ミラボー橋の下を
セーヌ河が流れ
われらの恋が流れる
わたしは思い出す
悩みのあとには
楽しみが来ると
日も暮れよ　鐘も鳴れ
月日は流れ　わたしは残る

大正十四年に帰国後、刊行した氏の訳詩集『月下の一群』

葉山、森戸神社の詩碑

は、アポリネールの『ミラボー橋』など、人口に膾炙《かいしゃ》する数々の名翻訳を生み出した。

昭和十四年に四十八歳で結婚した堀口大學が、マサノ夫人と幼子二人を伴い、雪深い新潟県高田（現、上越市）から葉山に移り住んだのは、昭和二十五年。マサノ夫人三十歳のことであった。

後に「……老いの身を養うには、最適な地だったと、今更ながら、葉山の山に、海に、空気に、太陽に感謝している。……」と記した氏は、『夕の虹』『東天の虹』など、次々に名著を世に送り出した。

エロチシズムとエスプリに富み深い人間性を湛える氏の作品は、今なお新鮮な感覚に溢れている。

昭和五十四年には、詩人として初めて文化勲章を受章。晩年、森戸神社への散策を日課にし孫の乳母車を押して歩くのを楽しみにする良き家庭人でもあった氏は、自邸に椿の花が爛漫の春を告げた昭和五十六年三月十五日、八十九歳の生涯を閉じたのであった。

森戸の夕照で名高い森戸神社の境内には、「花はいろ　人はこころ」と自筆で刻まれた詩碑が建てられている。

郵便の父 前島密の晩年

如々山荘前に立つ前島密夫妻（辻井善弥著『セピア色の三浦半島』郷土出版社より）

パソコンの普及によってEメールが手紙に取って代わりつつある現代でも、お正月に年賀状は欠かせない。明治十六年一月一日、それまで距離制による設定であった郵便料金は、全国統一料金になり、現代の近代的郵便制度がスタートした。

「郵便の父」として広く知られている前島《まえじま》密《ひそか》が、すべての職を辞し、三浦郡西浦村芦名（現、横須賀市芦名）の浄楽寺境内に如々《じょじょ》山荘と名付けた隠居所を設けて移り住んだのは、明治四十四年八月。時に密七十六歳、妻なか六十二歳のこと。自然に山を成した地形と相模湾を一望できる絶景の地に立つ山荘で世事から離れ、ようやく悠々自適の日々を迎えた氏は、『鴻爪痕《こうそうこん》』と題した自叙伝を執筆した。

天保六年一月七日、越中中頚城《なかくびき》郡下池部村（現、上越市）の豪農上野助右衛門の次男として生まれた氏（幼名、房五郎）は、生後七カ月で父を失うが、士族出身の母ていの「精神一到何事か成らざん」との訓戒のもと、十二歳で志を立て江戸へと遊学する。筆耕を背負い収入を得ながら、医家の学僕や薬剤生となって漢学や蘭学を学ぶ。苦学しつつ『三兵答古知幾《たくちき》』の筆写によって得た兵法の知識は、後に郵便創業の際の重要なヒントとなり、西洋の事情を窺い知ることのできた筆耕の仕事は、氏にとって開国主義の一歩を踏み出す苦中の快事であったという。

嘉永六年六月三日、ペリー提

衣冠束帯を付けた小像が安置された墓石。命日には墓前祭が行われる

督率いる黒船が浦賀に入港。黒船の接見役となる井戸石見守《いわみのかみ》が小者を雇い入れるという報を聞いた十八歳の房五郎は、口入屋に周旋を頼み、両刀を預け奴の姿となって軍艦の形容を実地に見る。

慶応二年、幕臣の前島家を相続した氏は来輔（後に密と改名）と名乗り、妻なかと結婚。慶応四年の江戸開城の後、駿河藩留守居役として民政の改革に努めていた氏は、明治二年、新政府への出仕を命ぜられる。

明治三年、民部省改正掛《がかり》に出仕。改正掛が取り組む急務の近代事業は、それまで飛脚が担っていた通信と交通機関（運輸）の整備であった。『鉄道憶測』の起草をするなど、実力が認められた氏は、租税の改革に携わる傍ら駅制の改革にも携わり、この年新式郵便の制度を立案すると同時に、アメリカやイギリスの郵便事情を視察。明治八年には、郵便為替や郵便貯金を創業するなど、短期間のうちに郵政事業の基礎を確立した。

清廉な人柄で潔癖を旨とし、先見の明と柔軟な思考で国事に奔走した氏は、大正八年四月二十七日、如々山荘において八十四歳の生涯を終えたのである。

長沢海岸の若山牧水

大正四年三月十九日、旅と酒の歌人若山牧水《わかやまぼくすい》（本名、繁《しげる》）は、腸結核を患った妻喜志子の療養のため、東京から三浦郡北下浦村長沢（現、横須賀市）の漁村に移り住んだ。

大正元年、27歳の若山牧水

その生涯の中でも、最も貧窮していたといわれるこの時期、転地のための費用は歌壇仲間による短冊展覧即売会の売上金によって賄われていたという。時に、牧水三十歳、喜志子二十七歳、長男の旅人二歳を連れての療養生活であった。

一年九カ月余りの三浦半島で

の日々。その日のお菜もない程の貧しさではあったが、静謐な漁村の暮らしに浸るなか妻の病も次第に快復に向かい、大正四年十二月にはみさきが誕生。牧水自身も心の安定を徐々に取り戻していく。

明治三十七年、繁は雅号を牧水と改め早稲田大学予科に入学、同級の北原白秋を識る。白秋とは二度同宿生活を送るなど互いに交友を深め、中林蘇水、北原射水（白秋）と共に「早稲田の三水」と自称して文学への志を確かなものとしていった。

明治四十三年、東雲堂書店より発行された第三歌集『別離』によって、牧水は一躍歌壇の寵児となる。今も尚多くの人々が愛唱する「白鳥は哀しからずや…」「幾山河越えさり行かば…」など数々の代表作が収められたこの歌集は、多感な青春期に生み出されたもの。二人の子を持つ人妻園田小枝子との悲恋はその後の牧水を漂泊の旅へと誘うことになる。

明治四十五年、電撃的な求婚の末、歌人として共に文学の道を志す太田喜志子と結婚。良き理解者であり生涯の支えとなった伴侶の存在は、牧水に大きなやすらぎをもたらした。

当時在住した斉藤松蔵宅と谷重次郎宅に程近い場所には、現在、長岡半太郎記念館・

若山牧水資料館があり、この地を詠んだ歌が記された牧水文学碑が建てられている。

海越えて　鋸山は　かすめども
此処の長浜　浪立ちやまず

資料館の眼前、国道一三四号線を渡った長沢海岸には若山牧水夫婦歌碑も建つ。

白鳥は　哀しからずや　空の青
海のあをにも　染まずただよふ

野比川での渓流釣り、千駄ヶ崎の磯岩に座り、寄せ引く浪を見つめる平穏な毎日は、歌集『砂丘』『朝の歌』に描かれ、長沢での牧水一家の暮らしぶりが偲ばれる。

水平線上、遥かに房総の鋸山を望むこの地には、牧水の秀歌と共に喜志子夫人の歌も刻まれる。

うちけぶり　鋸山も　浮び来と
今日の　満潮　ふくらみよする

長沢海岸に建つ
若山牧水夫婦歌碑

三崎時代の北原白秋

雨は　ふるふる
城ケ島の磯に
利休鼠の雨がふる
雨は真珠か
夜明けの霧か
それとも
わたしの　忍び泣き

大正４年、前橋訪問の折、萩原朔太郎（左）と白秋（中央）

城ケ島の名を世に知らしめた北原白秋（本名、隆吉）の『城ケ島の雨』。城ケ島大橋のたもとには白秋自筆の詩碑が建ち、その傍らにある北原白秋記念館からは、今もこの名曲が流れてくる。「ああ蘇った。……新生だ」の言葉を残し白秋がこの世を去ったのは昭和十七年十一月二日、五十七歳のこと。

大正二年一月二日、死を決意した白秋は、三崎の真福寺に寄寓していた漢学者公田連太郎のもとを訪れた。この前年、松下俊子との姦通罪に問われた氏は、俊子の夫より告訴され、市ケ谷の監獄へと送られている。

「詩人白秋起訴さる　文芸汚辱の一頁」の報は、既に処女詩集『邪宗門』の刊行によって、詩壇における地歩を固めていた白秋にとって、一挙にその名声を失墜させるものであった。

堪え難い傷心を胸に三崎を訪れた氏の眼に、三浦半島の自然は、「どんなに突きつめても死ねなかった。死ぬにはあまりにも空が温く日光があまりに又眩しかった」という。

後に「桐の花事件」と呼ばれるこの蹉跌を転機に、順風満帆に育った柳川（福岡県）のトンカ・ジョン（良家の坊ちゃん）は、耽美的な作風から東洋的な宗教性を帯びたものへと変貌させていった。

四月、離婚した俊子と再会した白秋は、晴れて結婚。この時、白秋二十八歳、俊子二十五歳。生家の破産によって上京していた両親、弟妹を伴い一家で三崎に移り住んだのは翌五月のこと。

三崎では、向ケ崎の異人館や二町谷の見桃寺、六合の漁師の家にも居住した。都落ちともいえる三崎での生活は、眼前に広がる光輝く海と富士の壮大な姿の前で、次第に忌わしい思い出から遠ざかり、新生の場へと変わっていくのである。

寂しさに　秋成が書　読みさして
　　庭に出でたり　白菊の花

この秋、魚の仲買業に失敗した父と弟は一家で上京。歌碑が建てられた見桃寺での夫婦二人きりの生活は、歌の通り、古典の世界に沈潜する日々であった。そうした中、新しい日本歌謡の先駆となった『城ケ島の雨』が生み出されたのも、ここ見桃寺であった。

翌大正三年二月、夫妻は三崎から小笠原父島へ。この後七月には最初の妻俊子とわずか一年三カ月で離婚。三崎時代は、その後の白秋にとって詩歌の可能性を無限に広げていく再生の時だったのである。

「城ケ島の雨」の詩碑

北村透谷と藤沢宿

明治二十六年十一月のある日、藤沢宿の国府屋旅館で二人の人物が久々の再会を果たした。一人は、浪漫主義の先駆者として島崎藤村らに大きな影響を与えた北村《きたむら》透谷《とうこく》。もう一人は、優れた自由民権家であり藤沢の医業に尽くした平野友輔である。

明治22年　新婚当時の透谷と美那子

そもそも二人は、三多摩地方の民権運動の最高指導者石阪昌孝のもとに集い、志を同じくする政友であった。

藤沢の薬種商平野六三郎の長男として生まれた友輔は、羽鳥にあった耕余塾《こうよ》で小笠原東陽に漢学を学び、東京帝国大学医学部に進学。後に藤沢で医院を開業しつつ、自由民権運動で各地の演説会に奔走する毎日であった。

この時代、将来を嘱望されたこの青年を、石阪昌孝が娘美那子の許婚として選ぶのは、当然といえば当然のことであった。しかし、夏休みで本郷にあった石阪家の別宅楽只園《らくしえん》に帰省していた美那子は、常日頃、石阪家に出入りしている民権運動の荒々しい壮士たちとは異なる思索家の透谷にたちまち惹かれていく。透谷もまた、明治初期の女性としては珍しく高い教育を受け、自分の考えをはっきり口にし透谷と対等に語りあえる美那子に理想の女性を見出していたのである。

二人の恋愛は、平野友輔という存在を気にかけつつも、さまざまな曲折と周囲の反対を経て、明治二十一年十一月三日、二人だけの結婚式をキリスト教式で挙げることになる。時に、透谷十九歳、美那子二十三歳という若さであった。

政治に深く関わり、当時としては開明的な美那子の父昌孝は「教育が人をつくる」ことを重視し、男女の別なくできうる限りの教育を子供たちに施しているが、こと娘の結婚に関しては、旧態依然とした考えで親の決めた結婚を強いたようである。

こうした深い因縁のある透谷と友輔が、なぜ藤沢で再会したのか、詳細については今ではわからないが、一説によると透谷が民権運動の同志であった大矢正夫を介して、友輔を呼び出し「あやまった」という、美那子を許婚から奪い取った形で結婚したことに対する詫びという清算の意味が込められていたのだろう。

この時、既に激しい神経症に悩まされていた透谷は、翌十二月、自宅で喉をついて自殺を図り、一命をとりとめるものの、翌年明治二十七年五月十六日、とうとう帰らぬ人になってしまう。まだ、二十五歳という若さであった。

「恋愛ありて後人生あり、恋愛を抽《ぬ》き去りたらむには、人生何の色味かあらむ」と人生における恋愛の価値を高らかに謳った透谷は、結婚という現実に直面して理想と日常生活のギャップを埋めることができなかったのかもしれない。しかし、共立女学校に学びキリスト教に帰依した美那子という精神的に透谷より優位に立つほどの女性に巡り合うことなくしては、透谷という稀有の詩人は現れなかったであろう。

藤沢橋から藤沢市民病院のあたりまで旅籠が連なり栄えた藤沢宿界隈は、今も車の往来が絶え間ない。

藤沢宿を模した藤沢橋自動車排出ガス測定局

婦人のこえ 山川菊栄

昭和十三年六月、連日の降雨のため柏尾川と境川が氾濫。山川菊栄《やまかわきくえ》、均氏夫妻の自宅があった鎌倉郡村岡村（現、藤沢市弥勒寺）一帯は、数日間にわたり泥海と化したという。

「夜じゅう電気をつけて餌をくわすうずらは、一寸停電があっても産卵がとまるくらい。ましてこの大荒れのショックと停電つづきのためほとんど全部が産卵中止。…」と昭和三十一年に出版された『女二代の記』には、当時の苦労が綴られている。

自宅にて、山川菊栄　昭和45年
（提供 山川菊栄記念会）

昭和十一年、鎌倉から村岡村に転居した山川夫妻は、自宅に「湘南うずら園」の看板を掲げ、たまご屋を開業。二・二六事件が起きたこの年、日増しに台頭するファシズムの嵐に執筆活動停止を予期した夫妻が、生活のために始めたのがこの「湘南うずら園」であった。

翌年十二月、人民戦線事件により均が検挙され、留守を守る菊栄には、うずらの飼育、獄中で病気になった夫の看病、執筆と一家の生活を一人で支える日々が続いた。最盛期には三千羽を育てた「湘南うずら園」は、昭和十三年の夏、飼料難のため廃業に追い込まれる。菊栄、四十五歳のこと。

明治二十三年、東京に生まれた森田菊栄は、維新の動乱期に海外に派遣され畜産技師となった竜之助を父に、水戸藩の儒学者青山延寿の娘で東京女子師範（現・お茶の水女子大学）の一期生であった千世《ちせ》が母という進歩的な家庭に育った。

女子英学塾（現・津田塾大学）を卒業後、神近市子に誘われ大杉栄のフランス語研究会や荒畑寒村の平民講習会に出席するようになった菊栄は、徐々に社会主義思想に触れていく。

大正五年、たまたま紀元節前夜の会合に出席していた菊栄は、不穏分子として警察に連行される。この時、留置所の前で共に並ぶ菊栄に「あそこへ入れて保護してくれるんですよ」と声をかけたのが、後に夫となる均との初めての出会いであった。

その後、堺利彦らと社会主義運動の機関誌「新社会」を編集していた均から執筆を依頼された菊栄は、公娼絶対廃止の論文を発表。この年十一月三日、二十六歳の誕生日に結婚。社会主義思想の実現と女性の真の解放を目指す二人三脚がこの日から始まることになる。

大正七年、平塚らいてうと与謝野晶子の母性保護論争に一石を投じた論文は、両者の論が本質的に対立するものではなく、むしろその当時の社会において婦人問題の根本的解決は、「経済関係そのものの改変」に求めるべきものと指摘した点で、理論家山川菊栄の論壇での地歩を固めるものとなった。

終戦後、日本社会党に入党。初代の労働省婦人少年局長を務め、女性問題の専門家を育て上げる。卓越した理論家であり実践者として生きた菊栄は、寝たきりの生活に入ってからも藤沢の自宅で執筆を続けたのである。

昨年、生誕百二十年を記念して、山川菊栄の女性解放史を今につなぐドキュメンタリー「姉妹よ、まずかく疑うことを習え」が作られ、各地で上映会が開かれている。

「湘南うずら園」跡地

和辻哲郎と高瀬通り

藤沢の静かな住宅地、鵠沼桜が岡に今も高瀬通りという四百～五百メートル程の道がある。ここ高瀬通り界隈、四万坪の広大な松山は、今から百数年前、鎌倉十二所村出身の貿易商高瀬三郎氏所有のものであったため、この名が今に残っているのである。

若き日の和辻哲郎

この〝鵠沼御殿〟と呼ばれていた高瀬邸に、明治四十四年、卒業論文作成のために一人の若者が訪れている。後に『人間の学としての倫理学』『古寺巡礼』などで倫理学、日本文化史に於いて独自の境地を開いた和辻《わつじ》哲《てつ》郎《ろう》である。

高瀬家の長男弥一氏の友人で

あった和辻にとって、この離れ家での日々は、若き日のロマンスが実を結んだだけでなく、後の人生を方向づける運命の時でもあった。

高瀬家での逗留が続き、互いに好意を寄せあった四カ月。卒論も完成した翌年三月のある日、高瀬家の長女照（弥一氏の妹）は、和辻からの突然のプロポーズを受ける。兄から度々和辻の噂を聞かされ、秘かに想いを寄せていた意中の人からの「僕と結婚して下さいませんか」というストレートな言葉。こうして出会って半年後の電撃的な結婚となった。哲郎、二十三歳、照二十二歳のことである。

沈静透徹な哲学者和辻の面影からは意外に思えるエピソードだが、そもそも谷崎潤一郎とともに第二次「新思潮」の同人であった彼は、情熱的で芸術家としての感性を持つ人であった。この結婚を機に、安定した本質的なものを求めていこうとする心境に変わっていったといわれている。

「私は断片的なミゼラブルな日本の文壇に、ありふれた小さな仕事をして、潑剌たる若い時を送りたくない。その決心は照が私の胸を占領するようになってから、だんだん強くなってきたのだ」と彼自身が言うように、哲学者としていち早く我が国に、ニーチェ、キルケゴールの所謂実存哲学を紹介する学究徒としての道を選択していく。

照夫人の影響は、和辻と原富太郎（横浜三渓園）を引き合わせた点に於いても、大きな役割を果たしている。当時の三渓園では、原富太郎蒐集の美術品を前に、多くの画家、美術史家が集い研究会が開かれていた。ここでの美への研鑽を基に後の名著『古寺巡礼』が生み出されたのである。

和辻が初めて訪れた頃の高瀬家は、広大な敷地に数寄屋風の自家用待合所、門番所を有し、逗留した離れ家からは松の梢ごしに片瀬一帯に広がる桃畑が望まれた。

三月一日は和辻哲郎生誕の日。早春に生を受けたことを誇りにした彼は、思い出多きこの季節を殊のほか好んでいたという。

現在の高瀬通り

文人の宿 東屋と「白樺」

明治40年「十四日会」の仲間と　前列左から実篤、正親町公和、利玄、直哉

鵠沼海岸にある料亭「東屋」は、初代伊東将行氏が明治二十五年に創業。「東屋」「あづまや」「東家」と名を変えながら現在、三代目伊東将治氏に至る。明治、大正、昭和の三世代に渡り多くの文人たちに愛されてきた老舗の料亭である。

今から八十八年前、明治四十年十月十八日、当時は割烹旅館として開業していたここ「東屋」を二人の青年が訪れている。一人は、

「十月十八日　金　朝教文館、十時の汽車で武者と鵠沼に来る。月明。東屋に泊る。」

と日記に書き記した志賀直哉。もう一人は、

「武者」こと武者小路実篤である。

この時、直哉二十四歳、実篤二十二歳、共に東京帝国大学二年に在学中の学生であった。二十三日に実篤が先に帰京するまでの六日間、二人は時折江の島や藤沢まで散歩をし、後は専ら読書三昧の毎日。文学読み合わせ会「十四日会」のメンバーであった当時、突如現れた「白樺」は、苦労人を自認する自然主義の風潮のなかにおいて、学習院出身のおぼっちゃんたちが出す道楽雑誌としてしかみられていなかった。しかし、「三号雑誌で終わるだろう」と揶揄された「白樺」は、関東大震災でやむなく終刊となる大正十二年八月刊行の百六十号まで続き、新しい芸術の流れを作り上げていく。

直哉と実篤。二人の出会いと変わらぬ友情が、「白樺派」を世に生む基になっているが、そもそもの出会いは、学習院の中等科時代に直哉が二年落第し実篤と同じクラスになったことから始まった。以後七十年、終生変わらぬ友情を結んだ二人を軸に「白樺派」は、交友関係を広げ多彩なメンバーが集うことになる。

「白樺」の前身となった回覧雑誌「望野」の仲間、正親町公和《おうぎまちきんかず》、木下利玄。回覧雑誌「麦」の里見弴、田中雨村ら。回覧雑誌「桃園」の柳宗悦、郡虎彦。この三誌が合体して出来上がった「白樺」には、里見の実兄有島武郎、有島生馬も加わった。

二十代の若者ばかりで構成された「白樺」は、同人の単なる作品発表の場に留まらず、当時まだあまり知られていなかったロダンやムンクを特集するなど、積極的に西洋芸術を紹介する優れた美術雑誌でもあった。

大正三年には鵠沼に「白樺」の編集室を設け、実篤も東屋に度々逗留し執筆を続けた。近所に住んでいた岸田劉生のもとには長與善郎も訪れることが多く、「白樺派」と鵠沼との結びつきは益々深くなっていった。

平成十三年三月二十二日、旅館「東屋」の跡地には、「文人が逗留した東屋の跡」と記された記念碑が建てられた。

旅館「東屋」の跡

孤高の宰相　広田弘毅

昭和二十一年五月三日の開廷以来審理されてきた連合国による極東国際軍事裁判（東京裁判）によってA級戦犯となった七人の被告は、昭和二十三年十二月二十三日、巣鴨拘置所において絞首刑を執行された。

鵠沼の自宅にて（渡邊行男著『秋霜の人―広田弘毅』葦書房より）

東条英機ら陸軍大将を歴任したA級戦犯の中にあって、ただ一人の文官として戦争責任を問われたのが、悲劇の宰相といわれる広田弘毅《ひろたこうき》である。

この年の十一月十二日、刑が宣告された翌日から知人らによって始まった減刑署名運動は、故郷福岡や外務省の同僚、後輩にまで広がり、七万二千名の署名を集めたが再審請求は却下。「自ら計らわぬ生き方」を信条としてきた氏は、「今更何もいうことは事実ない、自然に生きて、自然に死ぬ」という言葉を残し、七十歳の生涯を終えた。

明治十一年二月十四日、福岡県那珂郡鍛冶町（現、福岡市中央区天神）に石屋「広徳」の長男として生まれた広田丈太郎（後に弘毅と改名）は、尋常中学修猷館《しゅうゆうかん》（現、福岡県立修猷館高校）に進み勉学に勤しむ傍ら、禅寺での参禅、玄洋社付属の明道館では柔道に励むなど、質実剛健の修養時代を過ごした。外交官の道を志した氏は、一高、東京帝国大学法学部へと進み、同郷の仲間と談論風発の梁山泊となる浩浩居《こうこうきょ》での青春を送る。

明治三十八年晩秋、浩浩居に食事の手伝いとして通っていた幼馴染みの意中の人、月成静子と結婚。新婚旅行に訪れた江の島では、貝細工の指輪を買い求めたという。時に弘毅二十七歳、静子二十歳のこと。

氏が思い出の江の島に程近い鵠沼の地に居を構えたのは、駐オランダ公使、駐ソ大使を終え帰朝した昭和七年。松林に囲まれた鵠沼松が岡の地で読書三昧の生活の中、内外の情勢を見定める悠々閑居の日々を送っていた氏のもとに、外相就任の要請が伝えられた。

陸軍軍部内の対立が激化する昭和十一年、二・二六事件が勃発。時の岡田啓介内閣が総辞職後、清廉な人柄で協和外交を持論に外相として実績を残した広田弘毅に大命降下。

激動の昭和において最も国政の困難な時期に宰相を務める不運を担った氏は、在任中、陸軍内部の粛軍を実現したが、日本の侵略政策の基礎をなしたとされた「国策の基準」の決定によって戦争責任を追及されることとなる。

裁判が始まってまもなく、夫の生への未練を軽くしたいと妻静子が自害。妻の死の知らせを受けた後も、氏が獄中から出した家族への手紙は、最後まで妻静子宛のものであった。老いてなお相思相愛の夫婦にとって、家族と過ごした鵠沼は思い出多き地であったのである。

鵠沼海岸より思い出の地、江の島を望む

聶耳終焉の地 鵠沼

うっとうしい梅雨が明け、本格的な海水浴シーズンを迎える七月。渋滞する国道一三四号線を背にした引地川の河口、鵠沼橋の手前にある聶耳《ニエアル》記念広場に立つと周辺の賑いを忘れるような静けさに包まれる。

ここは、中華人民共和国国歌「義勇軍行進曲」の作曲者であり、中国の現代音楽の先駆者でもある聶耳終焉の地。昭和十年七月十七日、日本に亡命してちょうど三カ月を迎えたこの日、友人と海水浴に訪れ波乗りに興じていた聶耳は、ここで突然の悲劇に見舞われた。

天折した青年作曲家・聶耳（聶耳記念誌より）

幼い頃より音楽的資質に優れ、苦学しつつバイオリンの名手となった聶耳だが、その探究心は音楽だけに留まらず演劇や映画など幅広い芸術活動へと広がっていった。

「……音楽をはじめとする芸術は、詩、小説、演劇と同様、それは大衆に代わって叫びつづけるものでなければならない」とした聶耳にとって音楽は、個人的な技術を磨くものではなく、民衆を鼓舞するものでなくてはならなかったのである。

中国共産党に入党した彼は、「中国映画文化協会」の執行委員を務め、多くの映画制作に携わっていく。後に中国国歌となった「義勇軍行進曲」も電通公司で撮影された映画「風雲児女」の主題歌として作られたもの。

聶耳が、この世に残していった歌曲三十数曲は、この時期わずか二年のうちに作られたものばかり。こうして彼の作品が中国全土の民衆を魅了していくなか、時代は徐々に進歩的な文化人の弾圧を引き起こし、友人たちも次々と投獄されていった。

自らの身にも逮捕の手が迫っていることを知った彼は、党の許可のもと日本を経由してヨーロッパに渡り、ソ連で音楽の修養を深めるために、慌ただしく母国を後にすることになったのである。

日本に滞在中は寸暇を惜しんで演奏会や演劇を鑑賞し、精力的に見聞を広め吸収していく。そのなかでも、日本の「新協」劇団の公演に協力するため関西に向かう途上立ち寄った藤沢での最後の八日間は、日記も克明で日本の人家に親しく泊まり温かく迎えられた感激に満ちている。

天気の良い日は鵠沼海岸で海水浴。夜には友人と恋愛論を語り、皆に乞われればバイオリンを披露しダンスを踊る毎日。国境を超えた若者同士の屈託のないひとときがそこにはあったのだが……。

鵠沼海岸から望む江の島がもっとも秀麗であると記した聶耳は、この異国の地で多彩な才能を秘めたまま二十四歳の生涯を閉じたのである。

聶耳が不慮の死を遂げて六十年が過ぎた平成七年、藤沢市の友好都市でもある彼の故郷昆明市から、兄聶叙倫《ニエシュールン》氏が来日し弟の碑を訪れ献花した。命日である七月十七日には聶耳記念碑保存会の主催のもと、毎年碑前祭が開催されている。

平成二十二年十二月十一日、中国全土から訪れる参拝者のために、中国語の石碑が建造され盛大な除幕式が行われた。

1986年に建立された聶耳の記念碑

湘南を愛した片山哲

街中がクリスマス一色となる師走。落葉の散り敷かれた広大な大庭台墓園（藤沢市）の一角に、聖書を前に置き十字架を墓碑に刻んだ敬虔なクリスチャンの墓が佇む。この地に眠るのは民主宰相として庶民に親しまれた片山哲《かたやまてつ》。

明治二十年七月二十八日、氏は弁護士で県会議員などを務めた謹厳な父省三と熱心なキリスト教信者である母雪江のもと、和歌山県田辺市に生まれた。

首相に就任した昭和22年秋、60歳、菊枝夫人と

「小公子」を愛読する母から愛と奉仕の精神であるキリスト教の思想を、悟りと清廉を求めた父からは老荘の教えを幼少期に受け継いだ。二つの思潮は、氏の生涯を通して育まれ、高潔な政治家片山哲を生み出すことになるのである。

明治四十五年、東京帝国大学法学部を

卒業後、郷里で弁護士として父の仕事を手伝っていた氏は、大正六年に上京。貧しさ故に正義を主張することのできない人のための簡易法律事務所を開設。労働者や農民、婦人など弱い立場の人々を擁護することに力を注いだ。

春風に誘われて
湘南に住むや久し
敢えて風雪と闘うも
常に節を持す
白砂青松を愛して
寿を養う
聖賢に親しむこと
閑なり、松丘荘

後に、「愛湘南」と題した漢詩を記した片山哲が、故郷の風土に似た湘南を永住の地として、藤沢市片瀬の草庵松丘荘に移り住んだのは、大正十三年、三十七歳のこと。

この頃から、弱者を救うには法の改正が不可欠であり、「どうしても議会に出なければ」と考えた氏は、弁護士活動から政治的な活動へと進んでいく。

大正十五年十二月十五日、社会民衆党を結成。昭和五年には衆議院議員に初当選。処女演説では軍縮論、平和論を訴え、戦後まもない昭和二十年十一月には社会党を結成、初代書記長に。

昭和二十二年五月二十四日、新憲法の下に行われた初の民主選挙では、三党連立の革新片山内閣が誕生する。翌年二月十日に内閣総辞職。八カ月という短い在任期間のなか、敗戦による食糧危機を打開。初めて経済白書を出し、三百六十円の為替レートを決定するなど国際復帰への基盤を築きあげた。

昭和三十八年、政界引退後も、私財を投じて「片山哲政界浄化財団」を設立し、選挙公営を提唱。また、白楽天の研究家としても知られた氏は、最晩年まで日中国交回復を訴えた。昭和五十三年五月三十日、片瀬の自宅において九十歳の天寿を全う。藤沢市名誉市民第一号であった氏に対して、藤沢市民の手による市民葬が執り行われた。昭和五十一年には、藤沢市総合市民図書館に「片山哲文庫」が開設され、文人宰相としても知られた氏の蔵書、日記などが、片山哲の人柄を偲ばせる貴重な資料として保存されている。

大庭台墓園にある片山哲の墓

川田順と辻堂桜花園通り

第三十回谷崎潤一郎賞を受賞して話題になった辻井喬氏の著書『虹の岬』は、晩年を藤沢市辻堂で過ごした歌人、川田順をモデルとした伝記小説である。

川田順、俊子夫妻

昭和二十三年、帝銀事件など戦後の混沌とした世相の中にあって「老いらくの恋」と呼ばれ巷《ちまた》の話題を集めた川田順、俊子夫妻。老いらくの恋の所以は、

若き日の恋は、はにかみて
おもて赤らめ、壮士《をさかり》時の
四十歳《よそぢ》の恋は、世の中に
かれこれ心配《くば》れども
墓場に近き老いらくの
恋は、怖るる何ものもなし

という「恋の重荷」と題した詩を、死を決意した川田自身が知人にあてた遺書に書き記したことによる。

この時、川田順六十六歳、歌の弟子であった鈴鹿俊子（京都大学教授中川与之助夫人）は、三十九歳。「樫の実のひとり者にて終わらむと思へるときに君現はれぬ」と詠んだ昭和二十二年五月。既に二人の出会いは、宿命的なものだったのである。

後に氏が語っているように、このシュトゥルム・ウント・ドラング（疾風怒涛時代）の始まりは、住友総本店の次期総理事と目されていた昭和十一年五月、「将に将たる器にあらず」と突如その職を辞した時に遡る。

明敏無比といわれたエリートビジネスマンとロマンチシズムの薫り高い作風といわれた歌人として、二足の草鞋を十二分に使い分けてきた川田順は、五十四歳にして若き日からの念願であった芸術至上主義の道を歩むことになる。

三年後、妻和子が急逝。鈴鹿俊子との運命の出会いを経て、道ならぬ恋という「世間のこちたき人言」にさらされる俊子への中傷に苦悶した川田順は、皇太子の作歌指導の大役を拝辞。昭和二十三年十一月三十日、京都市法然院の川田家墓所で「己《おの》が死」を選択するが幸い命をとりとめた。

翌二十四年三月二十三日、京都の平野神社で結婚式を挙げた二人は、マスコミの目を逃れつつ行李一つ、ステッキ一本で京都をあとに。

国府津で四年を過ごした後、昭和二十七年、住友時代の部下であった秋山順一氏（関東特殊製鋼初代社長）の斡旋で辻堂の桜花園通りに家を求め、八十四歳の終焉までをこの地で過ごす。

世間のさまざまな苦難を二人して乗り越えた後の辻堂での生活は、「辻堂は方角がよかったのだな」と述懐するように、嵐が去ったあとのくつろぎの時間をもたらすものであった。こうして、俊子夫人にとっても京都に残してきた我が子二人を自宅に迎え、共に生活できる安穏な日々が戻ってきたのである。川田順夫妻が転居した当時、桜花園通りを南へ行くと砂丘が広がっていた。氏はその道を俊子夫人と一緒によく散歩したという。

北鎌倉の東慶寺には、自筆の銘が刻まれた墓碑が多くの文人たちと共に佇んでいる。

東慶寺、自筆の墓碑

拳聖 ピストン堀口

ピストン堀口（ピストン堀口道場HPより）

昭和二十五年十月二十四日、東京から終電で帰宅途中、茅ケ崎駅を乗り過ごしたピストン堀口（本名、堀口恒男）は、平塚駅より線路伝いに帰宅途上、馬入橋鉄橋を渡り終えた地点で列車にはねられ帰らぬ人となった。半年前にボクサーを引退し第二の人生をスタートさせた矢先、三十六歳のことである。

大正三年十月七日、栃木県芳賀郡中村（現、真岡《もおか》市）に生まれた氏は、旧制真岡中学に入学後、柔道部の主将として活躍。昭和六年十一月、同郷の渡辺勇次郎が日本拳闘倶楽部（日倶）の選手を率いて真岡中学を訪れたことが生涯の転機となる。エキジビションの後、渡辺が「誰か飛び入りする者はおらんか」と呼び掛けたところ名乗りを上げたのが、五年生の堀口恒男。アマ全日本フライ級チャンピオンを相手に3ラウンドを闘い抜いた初の対戦は、後の「ピストン堀口」誕生を予感させる運命の瞬間であった。

昭和七年、上京し日倶に入門した堀口は、翌昭和八年三月にプロ第一戦をKO勝ちで飾り、四月には早稲田大学専門部政経科に入学した。

この頃、讀賣新聞社ではアイデアマンの正力松太郎社長発案の日仏対抗戦が発表され、フェザー級の日本代表となった堀口は、前世界チャンピオンのエミール・プラドネルと対戦。三万人の観衆が見守る激闘の末、引き分けたこの一戦は、ピストン堀口の名を一躍有名にした。民族主義が色濃くなりつつある世相を背景に、打たれてもなお突進して猛打を次々に繰り出すピストン戦法は人々の喝采を浴びていく。

生涯に一七六の公式戦を闘い抜いた氏が作った一三八勝八二KOの記録は、会場を常に満員にする堀口の試合に興行主がハードスケジュールを強いた結果でもあった。会社員の月給が七十円の当時にファイトマネーは一試合三千円。天文学的な金額を稼ぎあげたが、「おれは自分に頼む者にはだれにでも金を与えている」という恬淡《てんたん》とした人柄故にファイトマネーは泡沫《うたかた》の如く消え去ったとか。

昭和十一年四月、日本人として初の東洋フェザー級チャンピオンの座についた氏は、この年、茅ケ崎駅南口のジムを買い取り転居。時に堀口二十二歳のこと。「松並木と海まで続く砂丘。富士を望む茅ケ崎をとても気に入っていましたね」と語る長男昌信氏。ロードワークには、初恋の人安規子夫人が自転車で伴走する姿が見られたという。

祖父から孫へと三代続くボクサーの系譜は、昌信氏の長男昌彰氏がピストン堀口道場の会長となり今に受け継がれている。

ピストン堀口の遺影の前に立つ孫の昌彰氏

九代目團十郎 小和田の晩年

明治33年別荘にて、駐日イタリア公使と團十郎
（前列左から三人目＝『写真集 茅ケ崎』より）

明治三十六年九月八日、糖尿病に肺炎を併発した九代目市川團十郎（本名、堀越秀《しゅう》）は、十三日茅ケ崎小和田の別荘「孤窠庵《こしょうあん》」（現、茅ケ崎市平和町）で息をひきとった。時に、六十六歳のこと。

團十郎を崇拝し、茅ケ崎の別荘（現、高砂緑地）に移り住んだ新派劇の創設者川上音二郎は、茅ケ崎駅（明治三十一年開設）から「孤窠庵」までの道々を補修し街燈をともすなどして東京からの弔問客の便宜を計ったという。

美貌の人気役者八代目團十郎の悲業の死。その死後、二十年にわたる團十郎空白の時代を経て、異母弟である河原崎権之助が九代目市川團十郎を襲名したのは明治七年、三十七歳のことであった。

明治維新という動乱期を生きた九代目は、歌舞伎の世界に、史実を忠実に描く「活歴物」を積極的に取り入れることで、新時代の歌舞伎を創り上げた。明治二十年四月、井上馨外相邸の茶室開きの余興として実現した天覧劇は、役者の社会的地位を高める画期的な催しとなったのである。

かつて「相模の海を泉水に富士の山を築山に…」の一節がある「板額」を演じた團十郎は、「そのような相模の海を前に、富士の山を眺めながら釣でもしたらおもしろからう、どこかそんな處はないか」と探し求めた理想の地が茅ケ崎の小和田であった。

この地に別荘を求めたのは、明治二十九年。翌年六月に竣工した別荘は、六千坪の土地に神殿造りの母屋と田舎家、邸内には泉水を配し、大神宮と伏見稲荷、住吉明神が祀られた。藤沢駅に貨車で運ばれた庭石は、途中、引地橋の普請も行いながら小和田まで運ばれたという。別荘内には、当時、漁船の目印ともなっていた小和田の一本松があったことから、陶淵明の「帰去来」の句に因み、「孤棠庵」と名付けられたとのこと。

来客などで終日賑わう築地の本宅を逃れ、芝居のない時はもっぱら茅ケ崎で暮らした晩年の生活は、門弟を指導するかたわら、市川宗家代々の伝統である書画、俳句に親しむ悠々自適の日々。天候の良い日は趣味の釣りに興じ、釣りに出ない日は茶事を嗜《たしな》んだという。

後年、九代目團十郎は、数々の業績により、名優としてだけではなく明治第一級の文化人として評されることとなった。

茅ケ崎市が市制施行された昭和二十二年、記念式典の席上、当時の市長添田良信氏は、「茅ケ崎が今日の繁盛を見るに至ったのは、その草分けともいふべき團十郎の力に拠るところ実に少なくない」と述べたという。「孤窠庵」跡地は現在分譲地となり、鉄砲通り沿いに建つ「団十郎山の碑」によって、わずかに往時を偲ぶことができる。

平和町交番横にある「団十郎山の碑」

高砂緑地の音二郎、貞奴夫妻

梅の名所として名高い茅ケ崎市の高砂緑地《たかすな》（茅ケ崎市東海岸北）に、平成十年四月二十四日、茅ケ崎市美術館がオープンした。そもそもこの地は、明治三十五年に新派劇の創始者である川上音二郎（本名、音吉）、後に女優第一号となった貞奴（本名、貞）夫妻の別荘「萬松園《ばんしょう》」が建てられた場所。大正八年には、実業家・原安三郎所有の「松籟荘《しょうらい》」となり、その後、茅ケ崎市が譲り受け今日に至っている。

別荘の庭に立つ川上夫妻（井上精三著「川上音二郎の生涯」葦書房より）

自由民権運動に身を投じオッペケペー節で一世を風靡した音二郎は、明治二十四年に壮士芝居川上一座を旗揚げ。「日清戦争劇」など、従来の演劇（歌舞伎）にないリアルな立ちまわりが評判を呼んだ。

後に音二郎の妻となる貞奴は、「眼千両の奴」と呼ばれた葭《よし》町の売れっ子芸者。時の宰相伊藤博文をパトロンにもつお侠《きゃん》な芸妓は、馬術、水泳、玉突きを嗜むハイカラな女性であったという。

明治二十七年、二人は正式に結婚。時に、音二郎三十歳、貞奴二十三歳のこと。川上座の建設失敗、今でいうタレント議員候補第一号となった衆議院議員総選挙の落選によって窮地に立たされた音二郎は、明治三十一年、ボート「日本丸」で洋行を企てるという奇想天外な行動に…。

翌明治三十二年一月、神戸に漂着した二人に転機が訪れる。国際的興行師櫛引弓人《くしびきゆみと》からアメリカ巡業の誘いを受けた音二郎夫妻ら総勢十九名は、四月三十日、第一次海外公演に向けて神戸港を出港した。

サンフランシスコで本格的に舞台を踏んだ女優「貞奴」は、「道成寺」、「芸者と武士」で主演を務め、喝采を浴びる。翌年イギリスを経て渡仏した一行は、パリ万国博覧会場のロイ・フラー座のこけら落としに出演。「マダム貞奴」の名は一躍有名になり、オーギュスト・ロダン、アンドレ・ジイドらに絶賛された。

音二郎と貞奴夫妻が茅ケ崎に居を構えたのは、明治三十五年、ヨーロッパ各地を巡業した第二次海外公演から帰国した後のことであった。時に、音二郎三十八歳、貞奴三十一歳。

伊藤博文によって「萬松園」と名付けられた三千坪の別荘には、犬、ロバ、山羊、豚、家鴨が飼われ、さながら動物園のようであったという。また、東海道では洋装で舶来の自転車に乗り練習する貞奴の姿も目撃されている。

明治三十六年二月、音二郎自ら「正劇」と名付けたシェークスピア劇の翻訳「オセロ」を公演。その後、夫妻は海外での見聞をもとに興行形態の改革、子供向けの演劇（お伽芝居）の公演、女優養成所の開設など、日本演劇の革新を推し進めていった。

明治という激動の時代を生きた音二郎と貞奴にとって、松林に囲まれた和洋折衷の新居での生活は束の間の心安らぐひとときだったのである。

別荘跡にはゆかりの古井戸が残されている

独歩 湘南の日々

明治四十一年六月二十三日、文豪国木田独歩（本名、哲夫）は、三十六歳という若さでこの世を去った。晩年、結核を患い、この年の二月から茅ケ崎の南湖院に入院していた独歩は、身重の妻と愛人に看取られ第三病室で静かに息をひきとったという。「野花は君が棺を飾り、濤声は読経の声に和し、梅雨晴れの夏の日影は田舎家の軒の繭の白きを照したりき。あゝかゝる日かゝる田舎、かくして君が遺骸に侍せんとは、何の日かわれ思ひし。…」と葬儀委員長を務めた田山花袋は独歩に別れの言葉を捧げている。二十六日付の讀賣新聞は茅ケ崎館で行われた通夜の様子を細かく伝え、同年十月に町として発足した

明治41年南湖院で、見舞客と国木田独歩（中央）

茅ケ崎は独歩の死によって広く知られる町となった。

今では首都圏から日帰りで気軽に行くことのできる茅ケ崎も、当時は旅行気分で来る田舎町。南湖院に見舞う文人たちはオレンジや、途中、大船駅で買い求めた鯵の押し鮨を手に独歩のもとを訪れている。

終焉の地となった茅ケ崎を始めとして、国木田独歩にとって湘南は、悲喜こもごもの思い出多き土地であった。新婚時代を過ごした逗子、不遇ながら友人との梁山泊的な生活で活気にあふれていた鎌倉時代。後年、自らの体験を著書『鎌倉夫人』に描いた最初の妻信子との滑川に架かる海岸橋での再会など。「永遠の青春」を謳った自然主義文学の先駆者独歩は、まさに湘南を生き湘南に死した文人だったのである。

明治二十七年、日清戦争従軍記『愛弟通信』によって一躍文名を挙げ帰国した独歩は、医師佐々城本支、豊寿夫妻邸で開かれた従軍記者招待晩餐会に招かれ、佐々城氏の令嬢信子を知る。

周囲の反対にも二人の情熱は衰えず徳富蘇峰の媒介を得て、翌二十八年十一月十一日、晴れて結婚。逗子柳屋の一室で新婚生活に入った独歩は二十四歳、信子十八歳のことであった。『欺かざるの記』にも詳しい二人の新婚生活は、信子の失踪によってわずか半年で破局を迎え、皮肉なことにこの破婚が独歩を文学の道へと誘《いざな》っていく。

明治三十五年、鎌倉坂ノ下にある権五郎《ごんごろう》神社の境内に家を借り、斎藤弔花、原田東風と男ばかりの生活を始めた独歩は、これといった収入がないにもかかわらず、相撲をとり山を歩く自由な毎日のなか、『運命論者』『少年の悲哀』『酒中日記』など優れた短編を生み出していった。

その後、近事画報社の編集長、「近事画報」を引き継ぎ「独歩社」の経営へと乗り出すが破産。この頃から不幸にも結核に冒されてしまう。

渚

永劫の海に落ちてゆく
世世代代の人の流れが
僕の前に横はって居る

茅ケ崎南湖院に程近い市営球場の南に建つ国木田独歩追憶碑。独歩の肖像が陰刻されたこの碑は、今も湘南の海を見つめている。

国木田独歩追憶碑

南湖の萬鉄五郎

東京竹橋にある東京国立近代美術館では、没後七十年を記念して「絵画の大地を揺り動かした画家　萬鉄五郎《よろずてつごろう》展」が開催された。油彩、水彩、版画、水墨画など幅広い分野の作品約二百点を展示したこの回顧展には、萬鉄五郎が晩年を過ごした茅ケ崎海岸を背景に描かれた作品「水着姿」（大正十五年）なども出品された。

大正15年、茅ケ崎海岸の萬鉄五郎

明治十八年、岩手県東和賀郡（現、和賀郡東和町土沢）の資産家の長男として生まれた鉄五郎は、祖父の死を契機に進学を志し上京。早稲田中学校に通うかたわら、臨済宗円覚寺派の宗活禅師のもとで参禅。布教活動に同行し渡米、米国での美術学校進学を志望するものの伯母の反対にあいやむなく単身帰国、東京美術学校に入学する。後に「ぽっかり陽があたっている様な感じ」と述懐する充実した学生時代を経て、高村光太郎、岸田劉生らと共にフューザン会に参加。フォービズムの先駆者として、「裸体美人」「女の顔(ボアの女)」など革新的な作品を生み出していった。

大正二年、フューザン会の解散後、土沢に帰郷した鉄五郎は電灯会社の代理店を経営するが、店の業務一切を妻に任せ、制作に専念。土着性の色濃いキュービズムの研究に打ち込んでいく。

その後、家族とともに再度上京。大正八年、過労から神経衰弱と肺結核を患い療養のため移り住んだのが、通称「茅ケ崎天王山木村別荘」(現・茅ケ崎市南湖四丁目五)であった。時に、鉄五郎三十四歳。

故郷と同じ桑畑の広がる茅ケ崎の自然のなかで、徐々に健康を取り戻していった氏は、恵比寿様のようなその柔和な風貌から近所の人々に「オエベスさま」と呼ばれ親しまれていたという。

南湖院に程近い場所にある元医師の家を住居とした診療室のアトリエからは、柳島や南湖をモチーフにした大正末期の茅ケ崎が描き出されていった。

西欧的な前衛美術の探究から新たに南画風の東洋的伝統美術を取り入れ、独自の「日本的な油彩画」に達した茅ケ崎時代。フューザン会時代の激しさ、土沢時代の重厚さから開放され、自然の流れに同化したおおらかな作風への変貌は、南湖の穏やかな気候と自然の感化によるところが大きい。

大正十五年、長女登美を結核で失った鉄五郎は、失意のなか、翌昭和二年五月一日、自らも同じ病で不帰の人となる。まだ四十一歳の若さであった。

今でも日本人の郷愁を誘うのどかな風情が漂う南湖の八雲神社あたり。氏の散策路であったという境内には、萬鉄五郎を顕彰するパネルが、松の古木の下に建てられている。

萬鉄五郎がよく散策したという八雲神社

小津監督と茅ケ崎館

小津安二郎

昭和二十六年一月七日、小津安二郎は、その年の仕事始めを茅ケ崎館で迎えた。

戦時中、「日本に帰れたら日本人にしか撮れない映画を撮ろう」と心に期した小津監督は、昭和二十四年に「晩春」、二十六年には「麦秋」を発表。戦後の混沌とした世相の中にあって敢えて日本の伝統美を再認識させる〝小津調〟映画を作り出した。時に、小津安二郎四十八歳。

自宅があった北鎌倉の浄智寺付近、また無の一文字が刻まれた墓標の建つ円覚寺など古都〝鎌倉〟は、小津監督ゆかりの地として有名であり、「晩春」などの舞台としてスクリーンにも度々登場する。

その鎌倉と同様、氏が愛着を持った土地が茅ケ崎であった。野田高梧《こうご》氏とコンビを組み、生み出された三大名作「晩春」や「麦秋」、「東京物語」など、脚本作りには欠かせない最も身近な土地、茅ケ崎。

茅ケ崎市中海岸で現在も旅館や結婚式場として営業を続けている茅ケ崎館は、明治三十二年創業。松竹が蒲田から撮影所を大船に移した昭和十一年、脚本部の定宿となる。〝松竹さん〟の部屋と呼ばれていた中二階の「一番」「二番」「三番」は、今も往時の面影のまま。

「毎年十一月になるとそろそろお見えになる頃かなと思ったものです」と振り返る四代目の森勝行氏。戦後の昭和二十一年から約十年の間、監督は晩秋になると「明日行きますから」と電話の後、ふらっと茅ケ崎館に現れ、翌年の五月まで脚本作りに没頭、一年の半分以上をこの地で過ごした。

当時、まだ旧制中学四年だった森氏は、小津監督の印象を「とにかくダンディーな方でしたね」と語る。そのダンディーさは、姿形に留まらずライフスタイルにも通じた。茅ケ崎館に滞在中も昼間は野田氏と散策に出かけたり昼寝、雑談、読書三昧の生活。原稿用紙に向かう姿は誰にも見せなかったという。

「脚本が出来れば、映画は八割方出来たのと同じ。脚本を書いている時が一番楽しい」と自ら語ったように、茅ケ崎館での日常は、監督にとって最も充実した日々だったのかもしれない。

小津組で「長屋紳士録」から「彼岸花」まで撮影助手を務めた川又昂《たかし》氏によると「『麦秋』から撮影助手のチーフになったのですが、監督の一番身近にいたので山側（松竹撮影所の裏山）、駅側といった指示のもと茶碗のちょっとした置き方などを直すのも私の役目でした。〝キャメラマンは脇役だが実力のある脇役が真の役者なんだ〟と言われた言葉が印象深い」という。

職人芸の芸術家、巨匠小津安二郎監督の作品は、今も時代や国境を越えて高い評価を得るに至っている。

酒を好んだ監督にとって茅ケ崎館は、自由気ままなのんびりとした空気の中でゆっくりと作品を熟成させていくのにふさわしい場所だったのだろう。

小津監督の仕事部屋「二番」の部屋（提供 茅ケ崎館）

イサム・ノグチ　茅ケ崎の少年時代

平成二十二年、ドウス昌代氏の『イサム・ノグチ宿命の越境者』を原案に松井久子監督による日米合作映画「レオニー／Ｌｅｏｎｉｅ」が公開された。主人公のレオニー・ギルモアは、彫刻家イサム・ノグチの母。シングルマザーとしてイサムを女手ひとつで育てあげた生きざまが描かれている。

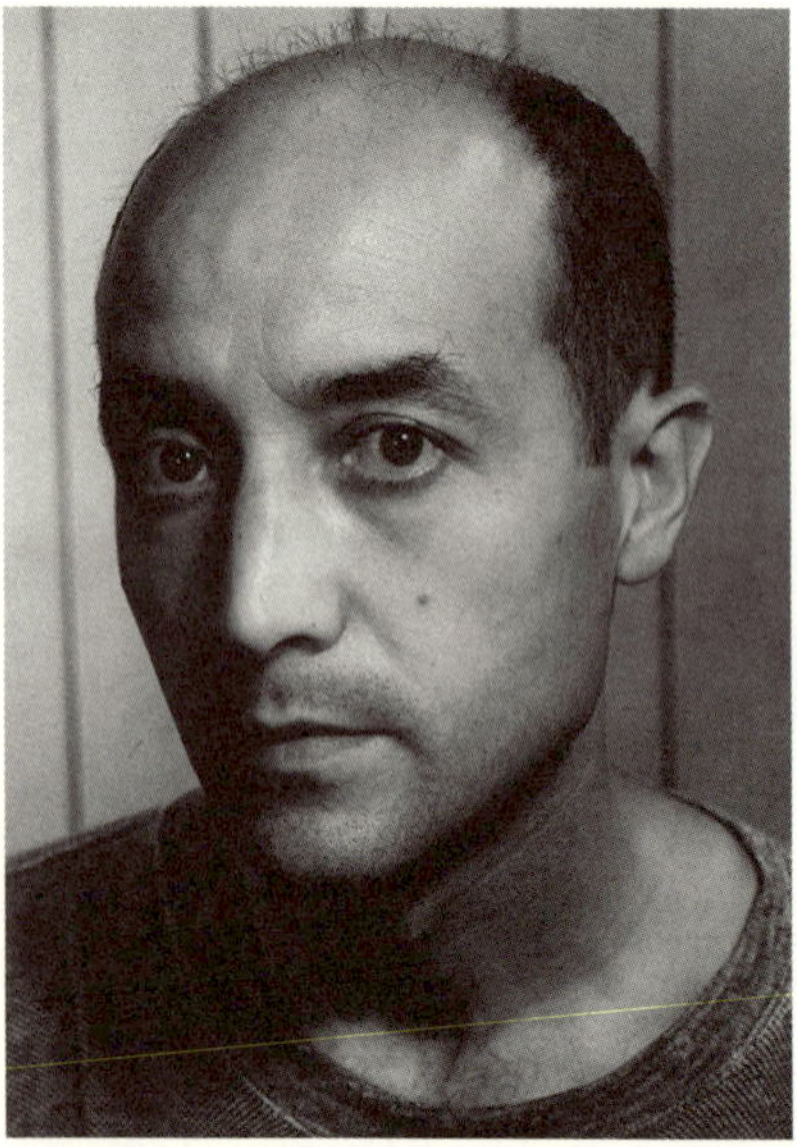

イサム・ノグチ　昭和25年（撮影 土門拳）

イサム・ノグチ（日本名、野口勇）は、明治三十七年十一月十七日、アメリカ合衆国ロサンゼルスで私生児として生まれた。父は詩人としてアメリカやイギリスでも評価されていたヨネ・ノグチ（本名、野口米次郎）、母レオニーは編集者としてヨネをサポートしていた人である。

レオニーが妊娠に気づいたのは、米次郎が日本に帰国した後。まだ名前もついていない「ヨー」をアメリカ教育で育てようとしていたレオニーだが、米国内で日露戦争の勝利による排日運動が高まったため、明治四十年三月、来日。米次郎との同居生活が始まり「ヨー」は勇と名付けられたが、米次郎にはすでに武田まつ子という女性がいた。

「最初に私たちはある農家に住んだが、そこの奥さんは家のなかで、桑の葉を敷いた浅い箱で蚕を飼育していた。私はこの家から村の学校に二年間通った。そのころまでには、私は典型的な日本の少年になり切っており、たとえば笛を作るには若い柳の小枝の皮をどう剝げばよいか、また鰻はどんな場所にいるか、といった自然についての知識を身につけていた。」

明治四十四年九月、大森から茅ケ崎村に転居。六歳から十二歳までを過ごしたこの時期は、イサムにとって自然を身近に感じると同時にアイノコとして扱われた孤独な少年期であった。住まいも転々としたが、借家がほとんどなかったこの地に、大正二年、「三角形の家」を建て、レオニーとイサム、前年に生まれた異父妹のアイリスとの三人の生活が始まることになる。

鉄砲道に面していた「三角形の家」（現、東海岸北五―一六―四八）はイサム少年が母と一緒に設計し、二階にある西側の丸窓からは壮大な富士山を眺めることができた。また、指物師のもとで見習い修行をした体験は、イサムにとって、「教育と名のつくものの中で唯一、心から喜びを持って学んだものであった」という。

大正七年、母の意思で単身渡米しインディアナ州のインターラーケン校に入学するがわずかひと月で学校が閉鎖に。その後、苦学の末、コロンビア大学の医学部に在籍しつつレオナルド・ダ・ヴィンチ美術学校夜間コースで学んだのを機に、母が望んだアーティストの道を進むことになる。

彫刻家、インテリアデザイナー、造園家、舞台芸術家と幅広い分野で活躍したイサム・ノグチの原型は茅ケ崎で育まれたといっても過言ではないだろう。

三角形の家があった旧宅辺り

参考文献

『鎌倉別荘物語—明治・大正期のリゾート都市』島本千也　1993

『海辺の憩い　湘南別荘物語』島本千也　2000

『小和田郷土物語』水嶋善太郎　1989

『個性きらめく　—藤沢近代の文士たち—』藤沢市教育委員会　1990

『特別コレクションだより第1号～10号』藤沢市総合市民図書館編　1994

『鎌倉近代史資料第十二集　青春・鎌倉アカデミア』鎌倉市教育委員会　1997

『鎌倉文学館資料シリーズ』鎌倉文学散歩　—大船・北鎌倉方面—　1994　—雪ノ下・浄明寺方面—　1997　—長谷・稲村ガ崎方面—　1999　鎌倉文学館　鎌倉市教育委員会発行

『鎌倉文学館開館十周年記念　特別展　高見順』鎌倉文学館　1995

『特別展　小牧近江　—種蒔く人—』鎌倉文学館　1993

『鎌倉文学の理想郷』県立神奈川近代文学館　1995

『中里恒子展　—物語のこころ—』県立神奈川近代文学館　1989

『谷戸の星空　鎌倉薪能随想集』鎌倉市観光協会編

『時代を拓いた女たち—かながわの131人—』江刺昭子＋史の会編著　神奈川新聞社　2005

『時代を拓いた女たち〈第2集〉—かながわの111人』江刺昭子＋史の会編著　神奈川新聞社　2011

『現代鎌倉文士』鹿児島達雄　かまくら春秋社　1984

『かまくら文壇史』　巌谷大四　かまくら春秋社　1990
『懐しき文士たち　大正篇』　巌谷大四　文春文庫　1985
『セピア色の三浦半島』　辻井善弥　郷土出版社　1993
『目で見る鎌倉逗子の100年』　郷土出版社　1992
『鎌倉文士骨董奇譚』　青山二郎　講談社文芸文庫　1992
『湘南再発見』　吉田克彦　江ノ電沿線新聞社　1996
『江ノ電沿線　文学散歩』　金子晋　江ノ電沿線新聞社　1985
『江ノ電沿線　文人たちの風景』　金子晋　江ノ電沿線新聞社　1990
『順逆の人』　豊田穣　ケイブンシャ文庫　1973
『東慶寺と駆込女』　井上禅定　有隣新書　1995
『明治快女伝　わたしはわたしよ』　森まゆみ　文春文庫　2000
『季刊湘南文学第28号女性作家と鎌倉・藤沢』　かまくら春秋社　1999
『土門拳の昭和〈1〉風貌』　土門拳　小学館　1995
『漱石を書く』　島田雅彦　岩波新書　1993
『漱石論究』　佐古純一郎　朝文社　1990
『夏目漱石（上中下）』　小宮豊隆　岩波文庫　1986
『群像　日本の作家1夏目漱石』　小学館　1991
『新潮日本文学アルバム―有島武郎―』　新潮社　1994
『詩人　高見順―その生と死』　上林猷夫　講談社　1991

『素顔の作家たち―現代作家１３２人』　奥野健男　集英社　１９７９
『敗戦日記』　高見順　文春文庫　１９９１
『女文士』　林真理子　新潮文庫　１９９８
『渋澤龍彦の手紙』　出口裕弘　朝日新聞社　１９９７
『渋澤龍彦をもとめて』　季刊みづゑ編集部編　１９９４
『都心ノ病院ニテ幻覚ヲ見タルコト』　渋澤龍彦　学研Ｍ文庫　２００２
『椎の若葉に光あれ―葛西善蔵の生涯』　鎌田慧　岩波現代文庫　２００６
『大正の作家』　古木鐵太郎　桜楓社　１９６６
『魯山人の世界』　梶川芳友ほか　新潮社　１９８９
『図鑑・北大路魯山人の食器』　黒田和哉　光芸出版社　１９９０
『魯山人陶説』　平野雅道　中公文庫　１９９２
『おもかげ―松本清張　北大路魯山人―』　阿井景子　文藝春秋　１９９５
『かの子繚乱』　瀬戸内晴美　講談社文庫　１９６５
『中原中也』　大岡昇平　講談社文芸文庫　１９８９
『兄　小林秀雄』　高見澤潤子　新潮社　１９８５
『大佛次郎上・下』　福島行一　草思社　１９９５
『大佛次郎私抄―生と死を見つめて』　宮地佐一郎　日本文芸社　１９９６
『わが文学生活』　大岡昇平　中公文庫　１９７５
『私の一日』　里見弴　中央公論社　１９８０
『風のかたみ―鎌倉文士の世界―』　伊藤玄二郎　朝日文庫　１９９５
『鎌倉のおばさん』　村松友視　新潮文庫　２０００
『色機嫌　女、おんな、また女』　村松梢風の生涯　村松暎　彩古書房　１９８９

『高橋和巳という人　二十五年の後に』　高橋たか子　河出書房新社　1997
『闇を抱きて　高橋和巳の晩年』　村井英雄　阿部出版　1990
『小説　吉野秀雄先生』　山口瞳　文春文庫　1977
『わが胸の底ひに―吉野秀雄の妻として』　吉野登美子　弥生書房　1978
『わが愛する歌人　第三集』　有斐閣新書　1978
『男流歌人列伝』　道浦母都子　岩波新書　1993
『日本の名画5黒田清輝』　中央公論社　1975
『新潮日本美術文庫27黒田清輝』　新潮社刊　1997
『鎌倉アカデミア　三枝博音と若きかもめたち』サイマル出版　前川清治　1994
『三枝博音と鎌倉アカデミア　学問と教育の理想を求めて』　前川清治　中公新書　1996
『鎌倉アカデミア断章　野散の大学』　高瀬善夫　毎日新聞社　1980
『遥かなる父・虚子』　高木晴子　有斐閣
『子規・虚子』　大岡信　花神社　2001
『新潮日本文学アルバム　―島崎藤村―』　新潮社　1984
『湘南文学第7号特集明治の青春』　神奈川歯科大湘南短期大発行　1994
『女人　吉屋信子』　吉武輝子　文春文庫　1986
『風をみていたひと　回想の吉屋信子』　吉屋えい子　朝日新聞社　1992
『川端康成とともに』　川端秀子　新潮社　1983
『群像　日本の作家13川端康成』　小学館　1991
『一草一花』　川端康成　講談社文芸文庫　1991
『若き日の朔太郎』　萩原隆　筑摩書房　1979
『新文芸読本　萩原朔太郎』　河出書房新社　1991

『鎌倉極楽寺九十一番地』　中山日女子　講談社　1997
『中山義秀の生涯』　清原康正　新人物往来社　1993
『田中英光愛と死と』　竹内良夫・別所直樹　大光社　1967
『神奈川の歌をたずねて』　奥村美恵子　神奈川新聞社　1994
『真白き富士の嶺　三角錫子の生涯』　村上尋　ドメス出版　1992
『七里ヶ浜』　宮内寒彌　新潮社　1978
『西田幾多郎の生涯』　上杉知行　燈影舎　1988
『大拙と幾多郎』　森清　朝日選書　1991
『ある現代史―〝種蒔く人〟前後―』　小牧近江　法政大学出版局　1965
『種蒔くひとびと』　小牧近江　かまくら春秋社　1978
『太宰治　七里ヶ浜心中』　長篠康一郎　広論社　1981
『恋と革命　評伝・太宰治』　堤重久　講談社現代新書　1973
『立原正秋』　高井有一　新潮社文庫　1994
『立原正秋　風姿伝』　鈴木佐代子　中公文庫　1991
『透きとおったひとびと』　北畠八穂　東京新聞出版局　1980
『鏡花幻想』　竹田真砂子　講談社文庫　1989
『新文芸読本　泉鏡花』　河出書房新社　1991
『蘆花徳冨健二郎』　中野好夫　筑摩書房　1972
『天才と狂人の間　島田清次郎の生涯』　杉森久英　河出文庫　1994
『ホテル養神亭むかしと今』　吉田勝義

『逗子道の辺百史話』　逗子道の辺史話編集室　1986
『ふるさとの花こよみ鎌倉』　中里恒子　芸艸堂　1982
『虹の館―父・堀口大學の想い出―』　堀口すみれ子　かまくら春秋社　1987
『父の形見草―堀口大學と私―』　堀口すみれ子　文化出版局　1991
『日本の鶯―堀口大學聞書き―』　関容子　岩波現代文庫　2010
『人間の記録21前島密自叙伝』　日本図書センター　1997
『人物叢書　前島密』　山口修　吉川弘文館　1990
『若山牧水　流浪する魂の歌』　大岡信　中公文庫　1981
『評伝　若山牧水―生涯と作品』　谷邦夫　短歌新聞社　1985
『父、若山牧水』　石井みさき　五月書房　1974
『ここ過ぎて―白秋と三人の妻―』　瀬戸内晴美　新潮文庫　1984
『北原白秋　その三崎時代』　野上飛雲　慶友社　1976
『白秋片影』　北原東代　春秋社　1995
『透谷の妻　石阪美那子の生涯』　江刺昭子　日本エディタースクール出版部　1995
『明治人　その青春群像』　色川大吉　筑摩書房　1978
『おんな二代の記』　山川菊栄　平凡社東洋文庫　1972
『わが住む村』　山川菊栄　岩波文庫　2001
『不屈の女性　山川菊栄の後半生』　菅谷直子　海燕書房　1988

『和辻哲郎とともに』　和辻照　新潮社　1966
『青春の和辻哲郎』　勝部真長　中公新書　1987
『日本文壇史19白樺派の若人たち』　瀬沼茂樹　講談社文芸文庫　1997
『「白樺」派の文学』　本多秋五　新潮文庫　1960
『落日燃ゆ』　城山三郎　新潮文庫　1986
『黙してゆかむ―広田弘毅の生涯』　北川晃二　講談社文庫　1987
『秋霜の人―広田弘毅』　渡邊行男　葦書房　1998
『聶耳物語』　聶耳記念碑保存会発行　1989
『回顧と展望』　片山哲　福村出版　1967
『和敬心愛〜片山哲生誕百年記念〜』　片山哲生誕百年記念会編　1988
『虹の岬』　辻井喬　中公文庫　1998
『夢候よ』　鈴鹿俊子　博文館新社　1992
『川田順ノート』　鈴木良昭　教育出版センター　1991
『ピストン堀口の風景』　山本茂　ベースボール・マガジン社　1988
『ラッシュの王者―拳聖・ピストン堀口伝』　山崎光夫　文藝春秋　1994
『団十郎と「勧進帳」』　小坂井澄　講談社　1993
『人物叢書　市川団十郎』　西山松之助　吉川弘文館　1960
『川上音二郎の生涯』　井上精三　葦書房　1985
『博多　川上音二郎』　江頭光　西日本新聞社　1996
『女優貞奴』　山口玲子　朝日文庫　1993
『川上貞奴』　童門冬二　成美堂出版　1984
『短編作家　国木田独歩』　平岡敏夫　新典社　1983
『回想の文学　日本文壇史7　硯友社の時代終わる』

伊藤整　講談社文芸文庫　1995
『現代日本文学大系　国木田独歩集11』筑摩書房　1970
『萬鐵五郎―土沢から茅ヶ崎へ―』村上善男　有隣新書　1991
『新潮日本美術文庫35　万鐵五郎』田中淳　新潮社　1997
『茅ヶ崎市史ブックレット③萬鉄五郎と茅ヶ崎の風景』茅ヶ崎市史編集委員会編　2001
『小津安二郎と茅ヶ崎館』石坂昌三　新潮社　1995
『小津安二郎新発見　松竹編』講談社＋α文庫　2002
『イサム・ノグチ―宿命の越境者』上・下　ドウス昌代　講談社文庫　2003
『夢見る少年―イサム・ノグチ』柴橋伴夫　共同文化社　2005

写真資料協力先

日本近代文学館
神奈川近代文学館
鎌倉文学館
逗子市役所
藤沢市役所
茅ケ崎市役所
藤沢市総合市民図書館
東京文化財研究所
萬鉄五郎記念美術館
土門拳記念館
逗子開成学園
山川菊栄記念会
高見順文学振興会
葦書房
燈影舎
郷土出版社
神奈川新聞社
市川團十郎事務所
ピストン堀口道場
茅ケ崎館
大佛茶廊

あとがき

明治以降、湘南は別荘地として開け、鎌倉文士を始めとした文化人が集いました。富士山を望む景勝地江の島を中心とした湘南は、多くの文化人にとって魂の源泉となるトポスであったように思います。

本書は、一九九四年四月から二〇〇〇年二月、地域情報紙「湘南よみうり」（本社・藤沢）に「湘南浪漫物語」として連載したものを加筆修正し、さらに三編を加えました。当時、取材させていただいたものは貴重な資料としてそのまま掲載しました。

十数年たち、再びゆかりの地を訪れたところ、面影の薄れてしまった場所もありましたが、今も豊かな自然の残る風光明媚な湘南は、この地を機縁にした人々にとって大きな意味を持っていることをあらためて実感することができました。

連載していたものを本としてまとめることは、叶わぬ夢だと思っておりましたが、「夢は生きているうちに叶えなくては」と背中を押してくれた家族、激励してれた多くの友人らのおかげで一つの形にして残すことができました。本当にありがとうございました。

全く素人の私に連載の場を与えてくださった湘南よみうり新聞社のスタッフ、ならびに、写真の掲載にご協力いただいた皆さま、出版に際しお力添えをいただいた神奈川新聞社企画編集部の小曽利男氏、小林一登氏に心より御礼申し上げます。

本書を手に湘南を散策し、ゆかりの作家らの新たな横顔の発見の一助にしていただければ幸いです。

二〇一二年六月

桝田るみ子

著者プロフィール

桝田るみ子（ますだ るみこ）

1958年　福岡県北九州市生まれ。

1982年　龍谷大学文学部哲学科卒業。

神奈川県茅ケ崎市在住。

・1994年から2000年まで湘南よみうり新聞社で「湘南浪漫物語」などを担当。

・「We湘南－湘南20世紀クロニクル」（かまくら春秋社）、「歌舞伎を楽しむ本」（主婦と生活社）にて執筆協力。

SHONAN逍遥　文豪たちが愛した湘南

2012年7月8日　初版発行

著　者　　桝田るみ子

発　行　　神奈川新聞社

〒231-8445　横浜市中区太田町2-23

電話　045(227)0850

Printed in Japan　　ISBN 978-4-87645-490-7　C0095